The Screwtape Letters

大榔头写给
小蠹木的煽情书

C. S. 路易斯 ——著　曾珍珍 ——译　丁 骏 ——校

C. S. Lewis

上海三联书店

献给 J. R. R. 托尔金

如果圣经的义正词严

一时无法叫它就范，

驱赶魔鬼另有妙招，

不妨试试嘲弄它、揶揄它，

魔鬼最受不了人蔑视它。

——马丁·路德

魔鬼……这骄傲的灵，

……无法忍受被嘲笑。

——托马斯·莫尔

– 目录 –
Contents

导读：反舰的智慧

作者序

· 书信 ·

- 导读: 反讽的智慧 -

  路易斯在 1941 年写作本书时，正值年富力壮。当时全欧洲笼罩在战争阴影之下，路易斯以一个初信的英格兰年轻人为对象，描述在当时处境下他所经历的灵性挣扎，反映出许许多多人的共同经历，引起广泛的共鸣。

  本书最特别之处，是使用别出心裁的反讽文学手法，以"大鬼"（Screwtape，大榔头）与"小鬼"（Wormwood，小蠹木）为正面角色，因此书名 *The Screwtape Letters*，旧译为《地狱来鸿》，或者《魔鬼家书》。书中大鬼指导小鬼多方攻击这位年轻人，在他从未信走向初信的道路上百般阻挠，引诱他离弃信仰而走向罪恶之路。在他面对战争以及其他种种压力时，魔鬼不但利用与其同住的母亲成为种种嫌隙来源，而且他去教堂、恋爱和从军的每个过程，都成为魔鬼下手的好机会，使其面对离弃信仰的诱惑。此外，在大鬼和小鬼之间又有许多间隙，大鬼经常责备小鬼，而小鬼也时常埋怨大鬼，二鬼之间是既合作又竞争的关系，因为地狱的规则就是踩着牺牲别人而高升自己。

书中呈现出来的世界，是一个是非、善恶、正邪、上下颠倒的世界。其中的"敌人"（老贼头）就是魔鬼为之战惊的"上帝"，而"父家"则是魔鬼所熟悉的"地狱"。魔鬼喜欢看到安逸，因为安逸能够使人松懈堕落；魔鬼不喜欢看到苦难，因为苦难破坏人对尘世的眷恋，提醒人灵性世界的重要，使人警醒向上。魔鬼顺从人性，促使人沉迷物欲，利用爱好新奇的心理，以时尚流行取代是非对错，以追求满足欲望来升高欲望，使人以物质为真实，灵性为主观，最后就是要人以尘世为永恒，世界为归宿。

魔鬼经常使用似是而非的伎俩，比如在与喜笑有关的四种表情当中，反对健康的"喜乐"，利用令人松弛的"逗趣"，以"说笑"的幽默藏污纳垢，借着似乎无意的"戏谑"进行嘲弄攻击。魔鬼也利用人的恐惧，以过头的谨慎增进恐惧，使其盲目地过度防卫，由惧怕转而生恨，引发憎恨。模糊是非对错的手法亦可破坏婚姻，比如美化恋爱，朦胧两性关系，误导人对美的品味，使其"爱""欲"混杂，又提供各种看似正当的理由作为两性之间的诱惑。

魔鬼攻击人的手法变化多端，最主要就是要引人离弃真实，不论是以天马行空的学术理论，或以高超而不切实际的理想，鼓励人高谈阔论，却不努力行动；诱导人吹毛求疵，却不寻求改善；劝诱人只重心灵而不重形式，将重要的实质内涵逐一弃置。对魔鬼而言，最有效的攻击策略是迂回侧击，比如通过极端的爱国分子，以及热烈的反战论者，将他们的信念偶像化而提升成为一种宗教。当去教堂成为一种习惯，当教会开始追求流行风潮，当信徒以教会本身自负而夸耀外在条件甚至分党结派时，就是大鬼和小鬼们开怀大笑的时候。

路易斯借用书中大鬼和小鬼之间的对话，强调洞视邪恶的重要，因为那些世俗化以至不相信有魔鬼者，魔鬼无法也不用加以恫吓，他们就已身陷泥沼；至于那些有信仰而且相信魔鬼者，魔鬼虽然难以直接使其变成唯物论者或怀疑论者，但若是可以使其对祈祷产生怀疑，从而转向宿命论与物质决定论，他们亦将逐渐远离上帝。魔鬼最厌烦那些抵挡邪恶的经验被传承下去，因此必定将历史经验相对化，以阻绝历史教训之传承。

由于上帝要除去人的自爱而使人能够爱他人，魔鬼意图破坏而使用缓和含混的节奏，使人从健康的"爱"转向病态的"迷恋"，或先以消极的"不自私"取代积极的"爱"，再加以挑拨离间，鼓励占有意识，不断提升私心，而终将使人转向"自爱"。那些过度自信的人，最容易陷入魔鬼的陷阱，当谦卑的人开始"自以为谦卑"，就是逐渐转向骄傲之时。堕入魔鬼圈套的人，就好像温水里的青蛙，享受温暖的环境，自鸣得意，随着魔鬼不断地搧火加温，终将成为一锅田鸡汤。

总之，魔鬼的攻击目标是：忽略现在，空想未来，忘怀永生。

路易斯这种特殊的文学手法，并不是为了卖弄技巧，或者展现聪明才智，乃是出于一种"反觇的智慧"。任何当过兵的人都知道，基本战斗训练当中的构筑防御工事，在初步完成工事之后，必须确实执行一个动作，就是"反觇"的动作，做法是从敌人可能出现的位置，以攻击者的眼光反过来观察自己所完成的工事，看看是否有什么破绽与弱点，据此逐一修正、完善。由于"当局者迷"，若是一味站在自身立场思考，常常会有许多自己无法知道的缺点，必须学习站在敌人的立场来看自己，才有机会调整自己的缺失。事实上，最了解我们的人，除了至亲好友，就是我们的敌人，特别是那些千方百计想要使我们承受损失的对手，由于他们的攻击动机，使得他们对我们缺点的认识充分而彻底，其中包括我们最亲近的人、甚至我们自己都不晓得的缺点。

本书中的"魔鬼"是敌对上帝国的邪恶势力的总称与代表，"反觇的智慧"就是设想站在敌营立场看待自己。不过，本书中过于拟人化的魔鬼，可能会给阅读者带来误导，以为魔鬼的世界真的就是如此，希望读者要以相应的文学智慧来阅读。路易斯所说的魔鬼，当然不会是真正的魔鬼，而是从信徒角度所设想的魔鬼，然而其中隐含了丰富的"反觇的智慧"，让我们逐一看到失落信仰的各个环节，使我们更加明白，什么是鲸吞蚕食，什么是随波逐流，从而心生警惕，看穿魔鬼诸般诡计而事先防范。

林鸿信
2002 年 1 月 9 日

- 作者序 -

敝人无意在此解释眼前这札公诸于世的信函，如何落入我的手中。

关于群魔，我辈容易蹈犯的错误有两种，性质相同，形式互异。其一是根本不相信它们存在。其二是相信，并且对它们抱持着过度的、不健康的兴趣。对这两种错误，群魔可是同表欢迎，物质主义者和魔法师同样赢得它们的青睐。本书所采用的书写方式，对任何已经深谙其中窍门的人而言，实在不算什么绝门功夫；但对某些心怀不轨或因过度热衷而可能将之曲解谬用的人，我认为他们无法从本书找到门路。

在此我得提醒读者，切记魔鬼是个大说谎家。千万别把大榔头所说的每句话都当真，即使从他的角度来看亦然。我无意指认信中提及的形形色色的人物都实有其人；不过我认为浮现在字里行间的史百克神父和"宿主"母亲的形象，极有可能失之公允。须知人间和地狱一样，到处充斥着自说自话。

最后让我补充一点，自始至终我从未费工夫去厘清这些信函的年代与时序。第 17 封信看来是战时物资匮乏，以致必须实施食物配给之前写就的；不过，大体而言，魔界的记日方式似乎与尘世的时间无涉，我也就懒得理会了。欧战的曲折与始末，除非偶尔冲击到某个人的灵性，否则大榔头显然对之兴趣缺缺。

C. S. 路易斯
写于牛津大学抹大拉学院
1941 年 7 月 5 日

－ 书信 －

* 根据原译者序，本书译本采用的是 Fount Paperbacks 根据 1942 年原版重印的 1977 年版。另外，本书三分之一篇幅由顾华德先生翻译。——编者注

– 第1封信 –

亲爱的小蠹木：

    你的馊主意我领教够了，说什么要好好管束你那宿主的阅读范围，还要让他多多亲近那位崇奉物质主义的仁兄。你未免太**天真**了吧！听起来好像你认为透过**论辩**就可以叫这小子免于落入老贼头的掌握。如果他活在几个世纪以前，这招数或许还算管用。那时候，什么说法可以成立，什么论点无法证实，人类都还一清二楚；一种理念一旦被证实了，人人奉守不渝。那时的人类仍然把思想和行为视为一体，可以随着一连串理性认知的变革，改变自己的生活方式。如今呢？

得力于报刊杂志以及相关宣传利器推波助澜，我方已经把这局面彻底改观了。你手头那小子从小就习惯满脑子有成打互不搭调的哲学，在那里各吹各的号，他并非以"真"或"伪"来分辨各样学说，对他而言，只有"学院的"或"实用的"、"落伍的"或"当代的"、"传统的"或"惊世骇俗的"之分。要让他不去教会，你的最佳搭档是那些大众一知半解却趋之若鹜的流行术语，而不是什么理性争辩。别浪费时间去说服他相信物质主义是**真理**！倒要让他认为这种时新的理念够猛，够酷，够炫——是未来的哲学。他信的就是这一套。

理性争辩的麻烦在于，这就等于班门弄斧，自讨没趣。须知老贼头可是此中高手；至于我刚才提到的那种顺应时潮、哗众取宠的宣传花招，几个世纪以来，**我们在地下的父**比起老贼头来，不知要高明多少。还讲什么道理？一讲起道理，你就把这小子的理性唤醒了，一旦他的理性被挑旺起来，后果如何谁能预料？即便可以把他某一特定思路扭转过来，有利于我方，你也会发现，理性活动会使他建立起足以置我们于死地的思维习惯，从此他将把注意力从眼前感官经验所触发的意识流撤离，转而关切普遍性论题。因此，你的任务恰恰是要让他把注意力集中在意识流上，教导他美其名曰"真实的人生"，但千万别让他穷究所谓的"真实"到底是什么意思。

记住，他可不像你，是纯粹的灵体。你从未有过生而为人的经验，你无法想象人是如何受缚于日常事物的压力。（说到生而为人的经验，那曾经道成肉身的死对头真是得天独厚，念及于此就令我抓狂!）我以前调教过一个宿主，一个地道的无神论者，平日喜欢到大英博物馆去看书。有一天，他正坐着读书，我察觉他的某道思绪开始出岔。不用说，那一刻间，老贼头立时赶到就位。眼看自己二十年来的苦心耕耘就要付诸东流，那当口，我若一时急昏了头，拼命用论辩的方式反制对手，大概也就没戏唱了。总算我聪明绝顶，灵机一动，就从这人最容易受我掌控的部位下手，我提醒他该吃午餐了。老贼头应该是唱了个反调，提醒他眼前这事可比吃午餐重要。（大意如此，谁又能**准确**听出他对人说的话呢?）至少我想他是这么说的，因为当我回应："是啊！正因为**太**重要了，不适合在累了一整个上午之后费心斟酌。"那小子立刻茅塞顿开。接着我又说："最好等吃过中饭，头脑清醒了，再彻底考量一番。"一转眼，这家伙早已起身往门口去了。只要他踏入街心，我就可以大奏凯歌了。我让他注意到一位报童正在叫卖晚报，一辆73路公交车正行驶而过。还没等他下完台阶，我已让他彻底相信，当一个人独自坐拥书城，任何可以窜进他脑海的奇思异想，只消一剂"真实的人生"（指的是公交车和报童），就足够让他明白"凡此玄想"皆是虚妄。他深知自己刚才逃过一劫。几年之后还津津乐道："对那真实世界不可言说的感知是人最终极的护卫，使我们不致陷入纯逻辑的死胡同。"这位仁兄目前好端端地与我们地下的父同住在一个屋檐下。

这下你可懂了？归功于几世纪以前我辈就已在人心智里启动的认知方式，人们发现置身在耳熟能详的日常事物中，已经很难去相信另有一种超乎自然的存在。继续努力吧！让他的认知局限在**日常**事物里。尤其重要的是避免使用科学（我指的是真正的科学）来敌挡基督教。因为科学可能会鼓励人去思考那些无法触摸、肉眼看不见的真实。有几个现代物理学家不就是这样堕落的吗？如果你那小子非要涉猎科学，就只让他接触经济学和社会学；千万别让他与我辈所珍视的"真实的人生"隔绝了。其实，上上之策是不要让他读科学，但却给他一个笼统的观念，以为自己什么都懂，以为那些偶尔在闲谈和阅读时随意捡拾的，即是堂而皇之的"当代研究成果"。千万记住，你的目的是让他思想混淆。听听那些年轻宿主高谈阔论的调调，若不把他们好好调教调教，真是有亏职守，知否？知否？

你那用螺丝钉和戒尺雕你扁你的叔叔

大榔头

- 第2封信 -

亲爱的小蠹木：

你那宿主竟然成为基督徒了！这事实在让我痛心疾首。别以为你可以躲过当受的惩罚；不过，但凡你头脑清醒，谅你也不敢作此妄想。现在，我们必须考虑亡羊补牢。大可不必灰心丧志；成百上千的这类成年决志者在敌营略事逗留之后，往往又被我方策反回来，现在又跟我们一伙了。你那宿主的**习性**，不管是心思的或肉体的，现阶段都还是我们这边的调调。

当前最能为我方效力的搭档之一，老实说，就是教会本身。千万别误会，我指的不是那个跨越一切时空、根基于永恒、旗帜鲜明、俨然一支常胜军的教会。那个教会，我承认，连我们当中最不怕死的勾魂高手，看了都要胆颤心惊。好在这些人类没有慧根，完全无法体会到它的存在。你那小子所见的，只是一座半完工的仿哥特式尖塔，矗立在新型的建筑之上。他一进去，迎面走来的附近杂货店的老板，脸上泛着油光，精神抖擞地递给他一本发亮的小册子，里面阐述的是谁也摸不着头绪的礼拜仪式，另有一本旧旧的薄书，收录了一些残缺不全的宗教诗歌，大多数都糟透了，字又很小。坐定之后，他四下看看，见到的恰好都是一些自己向来退避三舍的邻居。你可要充分利用这些左邻右舍，让他的思绪游移在"基督的身体"这类修辞和坐在隔排椅子上那一张张活生生的脸庞之间。当然，隔排坐着的到底是些什么样的人无关紧要，你或许知道其中有人还是敌方的勇士。那又何妨！你那位宿主，托我们在地下的父之大鸿福，是个愚昧人，假如这些邻居中有人唱诗走调，或者穿了一双嘎吱作响的靴子，或者长着双下巴，或者穿着奇装异服，他便会轻易断言：这些人所信的宗教想必有点滑稽可笑。现阶段的他，你知道的，心里自有他对"基督徒"的定见，他认为基督徒应该是"属灵的"。不过，那浮现在他心头的形象却大抵是图样式的，他满脑子想的都是罗马式的长袍、凉鞋、盔甲和裸露的小腿肚，眼前教会里这些人全都穿着现代服装，这事实对他而言是挺难接受的——虽然这只是他潜意识的感觉。千万别让这感觉浮现出来，别让他自问到底希望这些人外表作何装扮。让每件事物在他心中停留在模糊状态。反正在永世里，你会有足够时间在他里面制造地狱特有的那种扎心的、灼人的鲜明状态。

接着，请充分利用这小子初上教会的几个星期必然感受到的失望或落差。老贼头允许这种失望发生在每一个憧憬即将付诸实现的关卡，譬如当一个小男孩着迷于儿童版的奥德赛故事，终于下定决心开始学习古希腊文时；或者当恋人结为夫妇，开始要学习共同生活时。大体上，在人生的每个方面，当梦幻憧憬转化为身体力行时，失望就会蹦出来。老贼头甘冒这个风险，因为他怀有一种非常奇特的幻想，有心要让这些讨厌的寄生虫变成他所谓属于他、全然"自由"且懂得爱、懂得服侍的人——"儿子"是他所使用的字眼，他以他那冥顽不化、令整个灵界降格的爱，与这些两条腿的动物建立如此非自然的关系。他急欲他们拥有自由，因此他拒绝立刻帮助这些人带着原有的性情和习性，进入他所设定的目标。他任由彼等"自立自强"，我辈因此就有机可乘了。不过要切记，其中也有陷阱。一旦这些人成功地捱过初期的索然无味，也就学会不再那么倚赖感觉，以后要诱惑他们就难上加难了。

行笔至此，我所写的，尽是假设隔排的那些人之所以让这小子失望，其实没什么道理可讲——当然，如果他知道那位戴着怪异帽子的女人沉迷于牌局，而那位靴子嘎吱作响的男人是个放高利贷的守财奴，那么你的任务就容易多了。你所需做的就是千万别让他反省："如果我，像我这样的人，多多少少都自认够格做个基督徒，隔排那些人各有各的坏习性，我又凭什么证明他们的信仰只不过是伪善或墨守成规？"你也许会问，这么显而易见的问题，哪怕他只是个人，也能想得到吧，怎么可能把它拒拦在人心之外呢？这完全可能，小蠹木。好好调教他，就能教他不作如是想。因为这小子与老贼头相交得还不够久，还没有修练出真正的谦卑来。所有他口里说的，即使是跪着说的，有关他罪恶深重的那番话，也全是鹦鹉学舌。在心里头，他仍然以为，就凭他允许自己悔改决志，在老贼头的那本账册里，他就是存款多过于负债；并且还以为跟着这一票庸俗无比却道貌岸然、虚矫作态的邻居一起上教堂，他真是够谦卑了，也算是纡尊降贵了。尽量让他保持这样的心态，愈久愈好。

你肚里的蛔虫，奉守洁身自爱的叔叔

大榔头

- 第3封信 -

亲爱的小蠹木：

听了你的报告，得知这小子与他母亲相处的情形，真叫人开心。老贼头的做法通常是先从中心下手，再往外扩散，让这小子的行为愈来愈符合新的准则，这随时可能影响到他对那老太婆的态度。所以，你务必夺得先机。请与我们的同僚蛊伯多多联系，这小子的母亲就归他管。你俩应该充分配合，在那家中营造一种固定的习惯，让这母子二人互相看不顺眼；就从日常芝麻小事下手。以下的方法可供参考：

1. 让他全心注意自己的内心生活。这

小子认为自己的悔改是发生在**内里**的事件，所以他的注意力当前都集中在自己的心思状态上，或者更应说集中在他那些已被洁净的心思上。就让他只注意这些。让他忽视日常生活最基本的责任，转而定睛在最高层次的属灵责任上。强化我们可以善加利用的人性特质，也就是叫他漠视并且嫌弃显而易见的事物。你必须让他坠入这样一种光景：他可以花一整个小时自省，却无法发现任何人只要跟他住在同一屋檐下，或在同一间办公室做事，都能一眼看穿的毛病。

2. 显然，你无法阻止他为自己的母亲祷告。不过，我们自有办法让他的祷告发挥不了作用。务必让他的祷告都非常"属灵"，总是关心她的灵魂，却毫不在乎她的风湿病。这会导致对我方有利的两个结果。首先，他的注意力会单单集中在自己所认为的母亲的种种罪愆上，你只需稍加调教，这些罪愆在他的感觉里，便是她平常给他带来困扰或让他厌烦的那些行为。这样，甚至当他跪下祷告的时候，你都能使他白天的伤口像被撒了盐一样，在心中隐隐作痛。这差使一点都不难，你会发现还蛮有趣的呢！再者，正因他对母亲的灵魂所下的论断相当粗糙，而且通常离谱，结果或多或少变成他在为一个想象中的人祷告。你的任务是让这个想象出来的、早餐桌旁舌如利刃的老太婆——逐日愈来愈不像他真正的母亲。等到两者间的差距大到一个地步时，他在为想象中的母亲祷告时涌上心头的想法和感觉，不会影响到他平日如何对待真实的母亲。像我，就把归我督导的好几个宿主调教得妥妥帖帖，让他们前一刻还在为自己的妻子儿女的"灵魂"恳切代祷，下一刻却对现实生活中的他们冷嘲热讽，甚至拳打脚踢，并且毫不在意。

3. 两个人一起住久了，往往说话的某种语气或脸上某样特定的表情，总会让对方受不了，这正是你可以添油加醋之处。母亲皱眉的样子，这小子从小就不喜欢，就让他对此耿耿于怀，一想到就厌烦。让他认定母亲明知这表情会惹恼他，却偏偏故意皱眉，就是为了刺激他——你的手段若足够高明，他便不至于察觉自己这样认定有违常理。当然，千万别让他怀疑自己有些语气和表情也容易惹恼对方。反正他看不见、也听不见自己，这点你一定办得到。

4. 在文明社会里，家人之间出于怨忿而说的话，若是写在纸上，完全无伤大雅（**话语本身并无挑衅性**），却因使用的语气或讲话的时机，话一出口简直就像甩人耳光。要炒热这出戏，请务必让这两个愚昧人采用双重标准。这小子必须要求自己所讲的话母亲都应该照字面理解，不准引申发挥，同时却对母亲说的每句话过度敏感地推敲其语气和时机，以及背后可疑的动机。怂恿这个做母亲的也采取相同的态度。这样一来，每回争吵过后，两人都会理直气壮，近乎深信不疑，认为自己是无辜的。这样的场景你是再熟悉不过了："我只是问什么时候吃晚饭，你就大发雷霆。"一旦让他养成这样的习惯，就天天都有好戏看了。一句话出口明明是挖苦对方，对方接招反击，他又觉得受了委屈。

最后，请告诉我那老太婆的信仰态度。对儿子灵命的更新，她感到嫉妒吗？——他竟然这么大了才从别人那里学到我打小就给他许多机会学习的？她是否觉得这回他太"小题大作"了——或者反过来，觉得他捡到便宜了？别忘了老贼头那本宝鉴里记载的那个大儿子吃醋的故事。[1]

你最深谙亲情个中三昧的叔叔

---

1. "大儿子的故事"指新约里记载的"浪子故事"中那位浪子的哥哥，对父亲重新接纳弟弟感到愤慨。详见《路加福音》15：11 - 32。——译者注

– 第4封信 –

亲爱的小蠹木：

　　你来信中那些不上道的建议，正好提醒我应该及时回信给你，跟你谈谈有关祷告这件让我们扎心的事。上回我指导你如何干扰这小子为母亲祷告，你竟然说"完全行不通"，这成何体统。这不是侄子对叔叔该说的话——小鬼头对魔鬼党总书记也没有这样说话的。这正透露出你想逃避责任；若有什么闪失，后果你等着瞧！

　　上上之策，若有可能，是制止这小子认真祷告。对于新近决志归入敌营的成年人，如你手头这位，最好让他记起或者自以为记得童年祷告时那副学舌的模样。为了避免重蹈覆辙，他会转而去追求那种完全自发的、内在的、非正式的、不受规范的祷告。对一个刚决志的人而言，在实际的操练上，这意味着在心里用力制造一种模模糊糊的敬虔"情绪"，与真正的凝聚心志和聚精会神是两码子事。他们当中有一个诗人叫什么柯勒律治来着，说他祷告"不动嘴唇也不屈膝"，而只是"调理心思去爱"，并且沉浸在"一种祈求的心境里"。这正是我辈喜欢的祷告方式，正因它表面上近乎默祷，也就是侍奉老贼头多年的资深基督徒经常操练的那种，所以，机灵又爱偷懒的新手会东施效颦好一阵子。至少，他们会相信祷告与身体的姿势无关；因为这些人忘记了（却也是你必须牢记于心的），再怎么说，人类毕竟是动物，身体所做的一定会影响到灵魂。说来好笑，人类总爱想象是我方潜入他们的思想作祟；事实上，你我最擅长的，反而是把某样东西阻挡在他们的心思之外。

如果这一招失败了，就换个更微妙的招数去混淆他的动机。让他搞错方向，因为只要人的心思意念一转向老贼头本身，我们就全盘皆输。最简单的方法莫过于把他们的眼目从老贼头身上转到他们自己身上。让他们检视自己的心思，努力凭着自己的意志**制造感觉**。每当他们想向他祈求慈爱时，就让他们开始试着制造慈爱的感觉，却浑然不知自己正在如此造作。若他们祈求的是勇气，就让他们竭力去体会勇气十足。每当他们自称在祈求赦免，就让他们努力去感觉已蒙赦免。教导他们以自己是否成功制造出所祈求的感觉，来衡量每一桩祷告的价值；而且千万别让他们怀疑这种祷告的成败，或多或少取决于那片刻自己的身体是好是坏，精神是爽是累。

当然，老贼头这时也不会闲在一旁。只要一有祷告，危险就来了，他势必会立刻亲自上阵。相当讽刺的是，他完全漠视自己以及我们作为灵体存在所具有的尊贵地位，对那些屈膝祷告的人兽，竟然不顾体面地把自我认识浇灌给他们。不过，即使他破解了你这招混淆方向的企图，我们还有一样更狡猾的武器。这些人兽起初对老贼头并没有直接体认，他们感受不到他那凛然可畏的光，不像倒霉的我们，这扎心的灼灼光明构成了你我永恒痛苦的生存背景。当你那宿主祷告时，你检视他的心，可能找不到"这光明的本体"。如果转而检视他心思所凝视的对象，你会发现那是一个综合体，包含许多可笑的元素。有些意象来自于老贼头的某些形象，譬如当他现身在那丢人的所谓道成肉身的事迹中时；此外，也会有些更模糊的意象——或许非常原始而幼稚——与其他两种位格[1]有关，甚至还有一些这小子自己内心被客体化的敬畏感（以及伴随而来的身体感觉），再被加诸他所崇敬的对象上。我不就知道一些例子吗？被这些人称为"神"的，实际上**存在于**卧室天花板的左上角，或他自己的脑海中，或墙上的十字架。不过，无论这综合体的本质是什么，你必须让他持续地向"它"祷告——向他所制造出来的东西祷告，而非向那创造他的具有位格的神祷告。你甚至还可以鼓励他把修正与改良这个综合体看作一件极其重要的事，在整个祷告过程中，让这个综合体出现在他的想象之前。因为只要他一明白过来，懂得分辨，只要他自觉地把祷告对象从"我所想象的您"转变为"您所自知的您"，你我的立足点在那一瞬间就彻底崩毁了。一旦他把自己的思想和意识抛在一旁，或者即使仍持守着，却同时认清它们纯然主观的本质，懂得把自己交托给一个全然真实、外在、看不见的存有，而这存有此刻就在这斗室里与他同在，是他向来无从认识的，却始终深深认识着他——那么，令人难以测透的神迹奇事就可能发生。在祷告中灵魂会真实地赤露敞开，你要避免让这种情况发生。别担心，你

---

1. "其他两种位格"，是指"三位一体"中的"圣父"及"圣灵"两个位格。
　——译者注

将得益于以下这个事实，那就是人类并不像自己所以为的那么喜欢进入这种状态中。有谁会相信，他们所得的要远比他们所求的更多？

你洞察人心的叔叔

（签名）

- 第5封信 -

亲爱的小蠹木:

我原先期望的是一份详细的工作报告，结果到手的却是这么一堆不知所云的狂言呓语，真是令我失望透顶。你说你这下可"欣喜若狂"了，因为欧洲人已经发动了另一场大战。你哪根筋出了岔，我可一清二楚。你不是欣喜若狂，而是喝醉酒昏了头！读你那左支右绌的叙述，从字里行间推敲这小子夜不安寝的情况，我颇能准确拿捏出你的心思状态。从出道以来，你算是第一次尝到犒赏我辈汗马功劳的美酒——人心的惶惶不安，于是你就昏了头。怪罪你有屁用？坏竹子怎么会发出好笋？你的脑袋本来就是浆糊。对你所展示的一连串未来可怕的景象，这小子可有反应？你有否挑动他悲情地缅怀过去美好的时光？他的胃里可有一阵阵微微的颤栗？你的小提琴拉得可真荡气回肠，不是吗？是啊！他有这样的反应再自然不过了。但是，你可要记住，小蠹木，凡事都是先苦后甘，倘若耽溺在任何眼前的享乐，导致最后失去到手的猎物，你就注定永远干渴难当，喝不到那当前只尝一口就叫人醺醺然的醇酒。话虽这么说，如果你无时无刻不坚忍保持头脑冷静，去执行你的任务，因此把他的灵魂给掳住了，这小子就永远是你的了——一杯由绝望、战栗和惊愕酿成的美酒，不住地涌溢着，让你随时喝个痛快。所以，不要让任何短暂的乐趣使你分心，以致疏忽了铲除信心和破解美德的实际任务。下封信别再搞乌龙了，就给我一份完整的报告，详细交代你那宿主对战争的反应，好让我们斟酌到底怎样做更有利，是让他成为一个偏激的爱国主义者（鹰派），还是热血沸腾的和平主义者（鸽派）？其实有好多种可能性。同时，我还必须警告你，对战争别抱太大的希望！

　　当然，战争具有高度的娱乐性。人类迫在眉睫的恐惧和苦难，对我们无数卖力工作的同僚而言，是一项合理的、令人爽快的娱乐。然而，除非我们善加利用战争，把更多的灵魂交给我们那在地下的父，否则到头来又有啥用？每当见到苦难当头的人终于逃脱我们的掌握，总让我觉得仿佛自己在一场盛筵中品尝了第一道佳肴，随后就被禁止再吃。这比完全没有机会赴宴更令人难受，正符合老贼头喜欢耍弄的残忍至极的战术。他允许我们看到他至爱的人一时所受的苦难，只是为了吊我们的胃口，折磨我们，目的在于嘲弄我们永难餍足的饥渴，在眼下这场大冲突中，分明是他的防碍在强化我们的饥渴。因此，让我们思想应该怎样利用——而非怎样享受——这场欧战。战争里头有某些倾向，就其内在本质而言，完全对我方不利。你我可能期望当中发生不计其数的暴行和凌虐。但是，如果我们不够谨慎，将会眼睁睁看着成千上万的人在这场浩劫中转而投靠老贼头。有更多的人，虽然不至于这么决绝，却会将他们的注意力从自己身上转移到比小我更有意义的价值和其他诉求上。这许多的诉求，老贼头不一定赞成。然而，这就是他令我不服气的地方，他通常仍会奖赏那些为使命献身的人，即使他自己并不认同这些使命，理由真是吊诡之极，说是因为人看这些使命是好的，他们是在追随心中的至善。此外，想想有多少我们不乐见的壮烈成仁在战时发生。如果是老贼头那党的人，明明知道死亡当前，却仍视死如归。说真的，不如让**所有的**人都死在收费昂贵的疗养院中，在那里人人都是说谎高手，医生、护士、朋友，都照着我们所调教的大说其谎，向垂死的人承诺生命，鼓励病人相信他有理由提出过分的要求或无理取闹，甚至，如果我们的同僚都够称职，院方会刻意耽延不叫牧师前来，以免向病人透露了他实际的病情！更糟的是，战争让人不断想到死亡。这样一来，我们的最佳武器之——醉生梦死，就发挥不了作用了。战时，几乎没有人会相信自己能永远活着。

我知道臭头和其他小鬼在战争里看见了攻击信仰的绝佳机会，不过，我觉得这种观点过度浮夸。老贼头明白地告知他的人类同伙，受苦是"救赎"的基本要件之一，因此那种能被战争或瘟疫击垮的信心根本毫无价值，连去破坏都嫌多余。这里我指的是战争所导致的那类弥漫在一段漫长岁月里的苦难。当然，在恐惧、丧亡或肉体受到凌迟的当下，你也许可以在当事人的理性暂时被搁置的空当，趁虚将他俘虏。然而这时，倘若他向老贼头的阵营求援，我发现他几乎一定是会被救援的，你我只能望之兴叹。

你那舍不得人类受苦受难的叔叔

- 第6封信 -

亲爱的小蠹木：

很高兴听到你那宿主的年龄和职业使他有可能——但却未必一定——被征召到前线作战。我们要他彻底被不确定的忐忑所折磨，以至于整个心思盘踞着一幕幕有关未来的景象，彼此矛盾，每一幅图画不是让他满怀希望，就是叫他惧怕莫名。再也没有什么比悬宕和焦虑更能阻碍人心归向老贼头了。他要人把注意力放在眼前的工作上；我们的任务则是让人成天挂虑将要临到的事。

当然，你那宿主应该已经知道这时需要以忍耐的心顺服老贼头的旨意。老贼头真正的意思，是这小子首先应该凭着耐心接受临到自己的试炼——亦即眼前的焦虑和悬宕。当他说："愿你的旨意成就！"所指的即是这个。套句他们常说的话，一天的难处一天担当就够了，灵粮是天天赐下的。你的任务在于千万别让这小子体认到眼前的惧怕正是赐给他的十字架；反之，要让他成天为自己所害怕的事物忧心忡忡，把它们视作一个个十字架。让他忘记这些事彼此互不兼容，所以不可能全都发生在他身上。同时，让他试图事先操练坚忍的毅力来同时面对这些事。其实，在同一时刻，要对成打不同的、假设性的噩运作出真正的顺服，几乎是不可能的。对拼命想这样只手撑天的人，连老贼头都不敢苟同。对眼前实际的苦难逆来顺受，即使其中含有惧怕，倒还容易做到，顺服往往大有益处。

这里头涉及了一项很重要的属灵法则。先前我指出，若要削弱这小子的祷告效力，你可以将他的注意力从老贼头身上，转向他自己在思想老贼头时所浮现的心思状态上。反过来，当人的心思从所惧怕的事物转到惧怕本身，把它视作一种当下让自己极端厌憎的心思状态，惧怕会变得比较容易克服；当人把惧怕视为神量给他的十字架时，也必然会把惧怕当作一种心思状态，惧怕便因此失去了它的绝对性威胁。我们因此可以勾勒出一道普遍的法则：在所有迎合我方诉求的心思活动中，要鼓励人抛开自我意识，把注意力集中在客体上；但在一切讨老贼头喜悦的活动里，则让人的心思以自己为对象：让一句羞辱的话或一具女性的胴体占据他所有外在的注意力，以至于他不懂得反省"我正在沦入那称之为忿怒或淫荡的情境里"。相反地，让"我的感觉现在愈来愈敬虔了，愈来愈有慈悲怜悯的味道"这样的反省，占据他内在所有的注意力，好让他无法越过自己，去意识到老贼头或其他邻居的存在。

至于谈到他对战争的整体态度，你绝对不要过度仰赖那些基督教或非基督教刊物经常提及的同仇敌忾的情绪。你当然可以鼓动这小子在恐慌中以报复心理咒骂德国的领导者，这样做虽然好，不过，这类型的仇恨通常会染上"煽情剧"的色彩，或者流于神话化，让人把仇恨加诸想象出来的替罪羔羊身上。这些他所仇恨的人，他从未在现实生活中遇见过，而是由从报纸上得来的刻板印象拼凑而成的。这种凭空捏造出来的仇恨对我方根本无济于事，在所有人类中，英国人因此所表现出来的软脚虾作风最让我吐血。这些英国佬一面扬言即使把敌人千刀万剐仍算便宜了他们，一面却以茶水和香烟款待一个出现在自家后门的受伤的德国飞行员。

不管你采取什么行动，这小子的灵魂里总有些善念，也有些恶意。最酷的妙招是把他的恶意导向近旁那些天天见面的邻居，再把他的善念抛向最外围的圆周，就是他不认识的人。恶意因此就彻底落实了，而善念则大抵只停留在想象里。如果他同时总是与我们的期望背道而驰，以善良的习性对待他的母亲、雇主和在火车上遇见的人，那么煽动他去仇视德国人没什么好处。把这小子想象成一系列的同心圆，他的意志在最里层，知性次之，最后才是幻想。别妄想把老贼头的味道从所有的圆圈中剔除掉，你唯一能做到的，是持续不断地把所有的美德往外挪移，直到它们最后落脚在幻想的那一圈；至于一切我们喜欢的品质，则往内移向意志。唯当臻至意志的层次，并且在那里具体成形为习惯，美德才能对我们构成致命的威胁。（当然，我指的不是被这小子误以为是意志、实则只是有意识的痛下决心和咬紧牙关；我指的乃是真正的全神贯注，那被老贼头称之为"心"的东西。）所有由幻想妆点而成的，或理智所赞同的，甚至某种程度上是众人所喜爱或敬仰的美德，都无法阻挠人进入我们在地下的父家里；其实，当这种人加入我方阵营之后，还会因此更耐人寻味呢！

你那把德国佬恨之入骨的叔叔

大螳头

- 第7封信 -

亲爱的小蠹木：

　　你似乎应该问我，难道绝对不能让这小子感知到你的存在吗？这个问题，至少在现阶段已由咱们的最高统帅作出解答了。目前我方的策略是隐藏，当然，并非向来如此。需知你我所面对的是一种残酷的两难处境。当人不相信鬼魔的存在，我们就享受不到直接恫吓他们所能制造的笑料，也产生不了魔法师。倘若他们信了，却又无法使他们变成唯物论者或怀疑论者了。至少，现身的时机尚未成熟。我抱着极大的希望，期待有那么一天，我们将学会如何把人的科学情绪化和神话化到一种地步，以至于膜拜我们的信仰（虽然不是以这样的名称出现）可以蒙混进去，同时人心自我禁锢，无法敞开去接受对老贼头的信仰。"生命的原力"（Life Force）、性的崇拜、精神分析的某些层面，也许可以帮上点忙。一旦能制造出最完美的成品——物质主义的魔法师，这种人不只是利用，而是真实地敬拜被他含糊地称之为"原力"的东西，同时却拒绝承认"灵"的存在——这时也就是我们可以鸣金收兵的时候了。不过，眼前还是让我们服从上级的命令吧！我不认为瞒着他是件困难的事。现代人想象中的魔鬼大抵是滑稽的喜剧角色，这事实可助你一臂之力。如果这小子心中开始怀疑你是否存在，就让他想象有人穿着红色紧身衣的画面，说服他既然不相信有这种人存在，也就不应相信你的存在（这种把人搞糊涂的伎俩是从老教科书抄袭来的）。

我曾经承诺要考虑是否应该让你那宿主成为偏激的爱国主义者或极端的和平主义者，这件事我可没忘记。所有的激进，除了对老贼头极端的敬虔之外，都应被鼓励。当然，不是随时皆宜，但至少战时是如此。有些时代的人半死不活，成天自我陶醉，我们的任务是哄慰他们睡得更死更沉。其他的年代，像当代，既高度失衡，又喜欢党同伐异，我们的任务是进一步煽动他们，火上浇油。任何小圈圈，由一小撮人基于某一种他人不喜欢或漠视的利益而聚合，很容易在其内部发展出一种温室效应，成员间彼此相濡以沫，互相崇拜，对外面的世界则毫不羞愧地表现出桀骜不驯与深恶痛绝的态度，只因有伟大的全然超我的"使命"为他们撑腰。即使这小圈圈原是为了传扬老贼头而成立的，这种毛病也仍然存在。我们乐于见到教会成为小群，不只因为不愿意让太多人认识老贼头，也因为那些少数认识他的人或许会因而凝聚出高度的自负，以及秘密结社或搞小宗派特有的那种防卫性的自义。教会本身戒备森严，我们从未成功地使它染上分党结派会有的**各样**形形色色的表现，不过，教会内的次级团体倒是经常制造出令人叹为观止的场面，从哥林多教会中保罗党和亚波罗党的对立，到英国国教会中高教派和低教派之争，例子不胜枚举。

如果这小子能被怂恿成一位具有良知的异议分子，他自然会发现自己变成了一个非主流社团的成员，这个社团组织井然，经常发表议论，但是并不受欢迎。从我们的角度看，这处境对一个初信基督教的人而言，几乎肯定是好的，不过，只是几乎而已。在这场战争发生之前，他可曾认真怀疑过为一场正义之战抛头颅洒热血的合法性？他是个勇于捐躯的人，所以也就未曾惴惴不安地反省自己拥护和平主义背后真正的动机？在他最诚实的时刻（人从未真正近乎诚实），他能完全确信自己之所以采取特定的立场，其背后的动机是为了顺服老贼头？如果他是这样的人，他的和平主义不会给我们带来任何好处，而老贼头也会保护他免于卷入无谓的意识之争。果真如此，你可实行的绝招也许是制造一场突发的、使人迷乱的情绪危机，事后让他莫名其妙地变成一个犹豫踟蹰的爱国主义者。这件事并非不能办到。不过，他若是我所认识的那种色厉内荏的人，则不妨试试和平主义。

不管他采取哪一种立场，你的主要任务还是一样。开始时，让他把爱国主义或和平主义视为信仰的一部分，然后让他在意识之争的影响之下，把它当作最重要的部分。接着默默地、渐渐地调教他进入下一个阶段，让信仰沦为"使命"的一部分，基督教之所以被他视为有价值，主要是因为它能提供最精彩的论点以支持英国的参战，或者自己信守的和平主义。你要防备他把暂时的事务仅仅视作操练顺服的材料，一旦他把世界当作目的，信仰当作手段，你就几乎掳获了这个人，至于他所追求的是哪一种属世目标，也就没什么差别了。假如会议、宣传手册、策略、运动、使命、巡回演讲，对他而言要比祷告、圣礼和行善更重要，那他就是我方的人了——对这些事愈具"宗教热忱",就愈稳稳妥妥地属于我们。瞧!这下面满满的一整个牢笼都是这种人。

你那与非主流同一阵线的叔叔

大榔头

- 第8封信 -

亲爱的小蠹木：

所以，你"大有把握这小子的宗教狂热期已经退烧了"，是吗？我一直认为，自从他们让郭鲁伯出任校长后，魔鬼训练学院已经江河日下了，现在，我更加敢放胆确定了。难道就没有人教过你有关"波状起伏"的定律吗？

人类是两栖动物——一半是灵，另一半是动物。（当年我们的父决定撤销他对老贼头的支持，原因之一便是老贼头执意创造出这么一种令人作呕的杂种。）作为灵，他们属于永恒的世界，作为动物，他们居住在时间当中。这意味着虽然人的灵可以被引导去追求永恒的事物，他们的肉体、情感和想象却是持续变化的状态，因为活在时间里就意味着活在变化中。因此，人追求恒常不变所能达到的最接近的景况，就是波状起伏——不断来回跌宕在两种层次固定的境界之间，构成一连串高峰和低谷的经验。仔细观察你那宿主，你早该发现这种波状起伏出现在他生活的每一面向——他对工作的兴趣、他和朋友的情谊、他的肉体欲求，全都起起伏伏。只要他仍活在地球上，情感和肉体的充沛灵活期便会和贫乏麻木期交替出现。目前这小子所经历的枯燥乏味、意兴阑珊，并非如你自寻开心所想象的，全是你的功劳；其实这只是一种自然现象，除非你善加利用，否则不会给我方带来任何好处。

要判定如何善加利用，你必须先弄清楚老贼头怎样利用它，然后反其道而行。你也许会惊讶地发现，当他致力于永久赢取一具灵魂时，所仰赖的竟然是低谷经验多过高峰经验；历史上最令他激赏的人中，不乏长久经历深沉低谷的人。原因是这样的，对我辈而言，人类基本上是食物；我们的目标是把他的意志吸摄到我们这边来，借着泯灭他们的自我，来扩增我方的版图。但老贼头所要求于人的顺服，则是完全不同的东西。你我必须面对一项事实：说到老贼头对人类的爱，以及服侍他就能拥有完全的自由，所有这些讲论并非（照你乐于相信的那样）纯粹是一种宣传，反之，乃是令人震惊的真理。他**的确**亟欲使整个宇宙充满无数他自己那令人作呕的复制品——让受造物的生命，在其微小的规模之内，趋近他的本质。并非因为他把人吸纳为自己的一部分，而是他们的意志在自主的状态下，与他互相应和。我们要的是肉牛，有一天可以宰成牛肉；他要的是仆人，最后变成儿子。我们要的是吸入，他要的却是付出。我们是虚空的，等待被填满；他是充满的，并且不断涌溢而出。我们的战斗目标是建立一个世界，由我们在地下的父把其他的生灵诱引到他那里；老贼头要一个世界，其中充满生灵，连结于他，却仍各自主体昭彰。

这就是为什么会有低谷经验。你必定经常惊讶不解，为什么老贼头不多多动用他的权能，按着他所选择的程度，随时随刻与人的灵魂可感可知地同在？不过，现在你该已明白，"无法抗拒"和"不可反驳"这两项利器他是动用不得的，因为他的计划按其本质便禁止他自己动用。单单驾驭一个人的意志（他可感知的同在，以任何轻微的、最和缓的程度临到人，他必能轻易做到），对他而言是无济于事的。他不能霸王硬上弓，只能求爱，因为他有一个卑劣的想法，就是鱼与熊掌兼得：他要受造物与他合而为一，同时又保有他们自己；

因此，若一味地抹杀他们、同化他们，根本行不通。刚开始时，他或许会稍微使点力操控，但随即帮助他们自己上路，以他的同在与他们沟通，虽然微弱，但在他们的感觉里，却是强而有力，同时又让他们在情感上觉得甘甜，使他们因此可以抵挡得住诱惑。只是他从不让这种状态持续很久，迟早他会撤走所有的支持和鼓励，就算不是从外在的事实，至少也会从人的知觉经验撤离。他让受造物自立自强——在意志里独自履行已经索然无味的责任。人历练成老贼头希望他们成为的那种受造物，往往在低谷期，多过于高峰期。所以，枯干时期摆上的祷告是老贼头最喜爱的。我们可以用持续不断的诱惑把宿主拐走，因为琢磨他们是为了有一天把他们端上餐桌，所以他们的意志愈受干扰愈好。老贼头则无法"诱惑"人追求美德，像我们诱惑人做坏事一样。他要人学习走路，所以必须把他自己的手放开；只要这人确实有走路的意志，即使跌倒了，还是很讨他的欢心。所以，不要受骗了，小蠹木。当一个人虽然不再渴慕，但仍立志要遵行老贼头的旨意；当他环顾宇宙，发现老贼头的每一道痕迹都消逝了，心头油然袭上被抛弃的疑问，却还能顺服，这时，我们神圣的把戏就面临功败垂成的危险了。

　　当然，低谷也为我们制造了机会。下星期我会教你一些怎样利用低谷的绝佳点子。

你那不惜跟随人进入谷底的叔叔

- 第9封信 -

亲爱的小蠹木：

我希望上封信已把你的脑筋扭转过来，让你明白这小子目前正在经历的低谷期，虽然让他感到意兴萧索、枯燥乏味，但这样的经历本身并不能使你掳获他的灵魂，除非你懂得善加利用。如何善加利用呢？以下是我的思考所得。

首先，我发现波状起伏中的低谷期，为所有感官的诱惑提供了最佳机会，特别是性的诱惑。这或许会让你感到惊讶，因为，当然啦，在高峰期，人的体能比较旺盛，连带地，潜在欲望也就比较亢奋；但是，请你记住，这时的抗拒力也是最高昂的。你想用来挑起其淫欲的健康与精力，也容易被用来工作、游戏、思考或从事无害的玩乐；当人的整个内在世界干枯、凄冷和虚空的时候，突袭成功的机率反而比较高。同样值得注意的是，在质量上低谷期的性与高峰期的性有微妙差别，它不太可能导致人所谓"坠入爱河"那种水乳交融的境界，而更容易沦为各样变态的行为，也更少能被那些慷慨施予、富于想象力、甚至心灵层面的东西所感染，这些东西常常使性爱显得令人失望，其他的肉体欲望也是这样。

当这小子意兴阑珊、精神疲惫时，唆使他以喝酒当作止痛剂，因此使他变成酒鬼的可能性，远大于在他快乐豁达时鼓励他与朋友喝酒助兴。切切记住，当你我在操控健康的、正常的、令人心满意足的快乐时，就某层意义而言，是自投罗网，陷入了老贼头的地盘。我知道，透过享乐，我们俘虏了许多灵魂。然而，这改变不了一项事实：快乐是老贼头发明的，不是我们。是他创造了形形色色的快乐；所有的研究迄今仍无法使我们制造出一种快乐。我们唯一能做的是鼓励人去享受老贼头所创造的快乐，不过必须是在他禁止的时刻，以他禁止的方式和程度进行。所以，我们总要尽力诱使人远离任何可以获取快乐的自然途径，转向最不自然的、最不容易令人联想到那位快乐的创造者、最不能导致真正快乐的途径。其不二法门，便是诱使人对不断消褪中的快乐产生不断增强的欲求。这招数铁定成功，并且段数高妙。掳获人的灵魂，却不给他任何东西作为回馈——有什么比这更能叫我们的父开心？低谷正是这一连串陷阱的开端。

但利用低谷还有一个更好的方法；我指的是透过宿主自己对低谷的看法。向来如此。第一步是把正确的认识阻挡在他的心思之外。别让他怀疑有波状起伏这定律的存在，让他假设决志之后初期的火热理应永远持续下去。至于他眼前枯干的感觉，同样地，也是永久不变的状态。一旦这错误的观念深深嵌入他的脑海中，你就可以开始采取不同的策略了。一切端视这小子是多愁善感型的，动不动就陷入绝望中；或是好打如意算盘型的，可以轻易叫他以为万事 OK。前一型的人是愈来愈少了。如果这小子是这一型的，一切就好办多了。你只要把他和有经验的基督徒隔离开来，（目前太容易这样安排了！）把他的注意力导向圣经某些因断章取义更显深得我心的章节，然后鼓励他单靠自己的意志力拼命谋取对策，务求恢复旧有的感觉，这样我们就赢定了。如果这小子是生性乐天的那一型，你的任务则是让他默然接受目前精神不振的状态，渐渐地他会满足现状，接着说服他，让他相信自己毕竟没有太糟糕。一两个星期过后，你就会让他怀疑刚信主的那段日子也许是自己太过火热了，这时你应告诉他"凡事适可而止"。如果你能让他思索："宗教之为用，自有其局限"，他的灵魂就是你的囊中之物了。温温吞吞的信仰和完全没有信仰一样，都是好的——还更有趣呢！

另一个可能，是直接攻击他的信仰。当你导引他设想低谷经验是永久性的，能否也同时说服他，让他相信自己的"宗教狂热期"也将像从前其他的一时狂热那样，不久就会冷淡下来？当然，让他从感受到"我对这失去了兴趣"推论到"这是假的"，单靠诉诸理性是行不通的。正如我先前说过的，你需要仰赖的不是理性，而是他对流行术语的迷恋。"狂热期"这词极有可能派上用场。我猜这家伙已经经历过几个狂热期——是人都有过这种经验——每经历过一个，总觉得自己比前几回来得成熟、老练，并非因为他真懂得判断，纯粹只因为过去的就是过气的。（我相信你让他囫囵吞枣地吸收了许多有关"进步""发展"和"历史观点"等等这类含含糊糊的观念，并且让他阅读了许多现代人的传记。这些传记中的人物，各个不都是追逐一波又一波思想热潮的过来人吗？）

懂了没？别让他想到"真"和"伪"的分辨。要的就是混淆不清的表达——"这只是一个过渡期","我已经超越那一切了"——更别忘了那蒙福的字眼:"青葱岁月",让他觉得一切过往的执着,都不过是那段岁月的迷惘。

你那喜欢与人一起沉沦的叔叔

- 第10封信 -

亲爱的小蠹木：

从歪哥处欣闻你那宿主近来结交了几个颇有意思的朋友，而你似乎也开窍了，颇懂得如何好好逮住这机会。据我得来的情报，到办公室去拜访他的那对夫妇，正是我们巴望他能结交的那类人——富有、聪明、一副颇有见地的样子，对世界上的每一件事都抱持着一种倨傲的批判态度。据悉，他们甚至还隐隐约约是反战分子哩！不是基于道德的理由，而是出于一种根深蒂固的习惯，对任何大众关注的焦点问题一概嗤之以鼻，其中不免也带了点当今流行的文艺左派那股调调。妙极了！你还真懂得充分利用这小子五花八门的虚荣心，不管是社交的、性的或是知识欲的。关于他们交往的进展，请务必详细报告！这小子很投入吗？我指的不是言语上的。毕竟，想向交谈对象暗示自己是同党，只要巧妙地运用眼神、语调和笑容就绰绰有余。这种方式的背叛，正是你应该鼓励的，因为这小子其实还搞不清楚状况；务必让他即使警觉到了，想打退堂鼓都已身不由己。

不用说，他很快就会发现，自己的信仰和这群朋友言谈间所主张的根本互相抵触。发现归发现，没关系，只要能说服他尽量不要公开承认就好。而这点，借助于他的羞耻心、自尊心、矜持加上虚荣，保证不难办到。如此一再拖延下去，他就会陷入虚假的窘境，该说话的时候，他保持沉默；该保持沉默的时候，他却呵呵傻笑。起初他会用动作和表情，随后开始卖弄话语，摆出各种讽刺和批判的态度，虽然心里未必苟同。不过，你若好好调教他，只需一会儿工夫，他会连内心也随之附和了。人总是这样子的，装什么样子，就真的变成那样子。这才是第一步呢，问题的关键在于如何应付老贼头的反击。

首先，应尽量拖延，别让这小子发现近来找上门的这款与"名士"交游的乐趣，其实是一种诱惑。正因老贼头的喽啰们经常透过讲台谆谆告诫，提醒大家两千年来"世界"一直都是个大陷阱，乍看之下，要做到这点似乎有困难。好在近几十年来，已经很少听到他们这样啰嗦了。在现代的基督徒著作里，我虽然读到许多（简直汗牛充栋！）关于抗拒金钱诱惑的教导，却很少读到古老的警告，教人防备属世的虚荣，注意择友，以及时间的价值。所有这些教导，你那小子或许也会将之归类为"清教徒主义"——在此请容我欢呼一下，唆使人给予这个名词负面的评价，可以说是我方近一百年来最具体的胜利之一！透过诋毁清教徒精神，每年我们拯救了成千上万的人脱离节制、守贞和生活严谨的桎梏。

　　不过，这小子早晚总会认清这群"雅士"朋友的真面目，这时，你的策略能否奏效，就看这小子够不够聪明。如果他是个超级大笨蛋，你就让他只有当这群朋友不在身边时，才能体会到他们人品上的瑕疵；一旦他们出现在他眼前，所有的批评随即一扫而空。这策略若是奏效，他就会被导引长时期过着一种两面人的生活，亦即同时过着两种互相平行的生活形态。据我所知，太多人有这毛病。在不同的交游圈子里，不只是扮演两面人，而且的确就是不同的人。这个策略若不奏效，别怕！还有一个更巧妙、更精彩的办法。即使知道自己的双面生活互不协调，也让他不以为忤，反而得意洋洋。要做到这点，得靠撩拨他的虚荣心：教导他享受星期天跪在杂货店老板身旁作礼拜，一想到这位没知识的仁兄不可能了解自己星期六晚上惯于进出的那个充满都会风味、以嘲讽为乐的世界，便会沾沾自喜；反之，和这群令人激赏的文人雅士聚首喝咖啡，比赛说黄色笑话和亵渎宗教，更是其乐无穷，因为知道自己里面有一"深邃的""属灵的"世界是他们无缘了解的。明白了吧！体面的、风雅的世俗朋友在左，朴拙的、开杂货店的教会弟兄在右，左右逢源的他才是完整的、均衡的、多样化的人，能够看穿他们每一个人。就这样，虽然长期以来同时背叛两伙人，他非但不觉得可耻，反而感觉内心持续涌溢着一道志得意满的暗流。最后，假使这些策略全失败了，你就怂恿他违背良知，继续与这群人交游，原因无他，跟这些人鬼混，一起喝酒，听他们说 X 级笑话，其实是在"造福"他们啦，至于怎么个造福法，就未可知了。若不再跟他们礼尚往来，反而显得自己"假道学""不够宽容"，而且（当然啦）"十足清教徒"。

同时，你当然应该预先策划，让这新的交游导致他挥霍过度，入不敷出，并且疏忽了工作和母亲。请好好利用她老人家的嫉妒和惊恐，以及这小子与日俱增的回避和暴躁，让他们母子间的紧张对立更加恶化。这是我们无价的利器，千万别闲置了。

你那最热衷于附庸风雅的大雅痞叔叔

- 第11封信 -

亲爱的小蠹木:

　　心想事成嘛!看来你近日斩获颇多。得知经由两位新交牵线,这小子已经搭上了他们一整票人,我着实窃喜莫名。这一票人根据我在档案室侦察所得,绝对完全可靠;他们讥诮人成瘾,喜欢从世俗的观点,奚落、讪笑别人的宗教热忱,乐此不疲。他们从未干过什么轰轰烈烈的勾当,这等人不知不觉中也正健步迈向我父的地下之殿。你说他们是搞笑大师,该不是以为凡是嬉笑怒骂或插科打诨都是在替我方助阵吧?这点有待进一步探究。

人类为什么会开怀大笑？据我来看，原因可分作四类：喜乐、逗趣、说笑和戏谑。第一类经常出现在佳节前夕朋友或恋人间的欢聚。成年人聚首，免不了彼此互开玩笑暖场，但以些微机智就能轻易地在这类场合制造出"笑果"来，可见这些笑话并非带来喜乐的真正原因。真正原因是什么？你我无从知晓。类似的东西也出现在人称之为音乐这门可憎的艺术中，同时也发生在天堂里——或说一种属天的经验，仿佛旋律节节扬升，萦回不绝。这意味着什么？你我更是无法参透。这类喜乐对我方毫无帮助，根本不值得鼓励。再说，喜乐这可厌的现象，其本身就是对地狱的现实主义、一本正经和刻苦己身最最直接的侮辱。

　　逗趣和喜乐关系密切，是从人类喜好戏耍的本能里升起的一种情绪浮沫，对我方也帮不上什么忙。当然，有时可以用来使人分神，暂时偏离老贼头要他心无旁骛关注的感觉和事情；不过，逗趣本身并没有我方想要的那种牵引力；反之，它激发人行善，让人勇气充沛、心满意足，陶醉在其他许多我们视之为恶的事物里。

　　至于地地道道的玩笑，它启动人察觉把毫不相干的东西扯在一起可以造成滑稽的"笑果"，大有用处。我所想的，基本上不是那种不雅的、狎亵的黄色笑话，这类幽默虽然是二流诱惑者喜欢玩弄的伎俩，效果往往令人失望。说真的，对于情色这码子事的反应，人可以明确地分作两类。有些人认为"七情六欲中就以色欲最需严肃看待"，对这种人而言，一则下流故事一旦变成笑料，就再也引逗不起他的淫念；另有些人色欲与嬉笑同时迸发，且被同样的东西所吸引。第一类人拿性开玩笑，因为它让人联想起许多诙谐而不相干的事；第二类人刻意把不相干的事胡扯在一起，好借故谈论性。如果你那小子属第一类，黄色笑话根本发挥不了作用——记得刚出道时，我不知在酒吧和抽烟室陪着我那浑小子耗掉多少小时（真是无聊透顶！）才搞懂这道理。先弄清楚你那小子属于哪一类——不过，千万**别**让他本人认清楚。

笑话或幽默之为用，其实另有他用，尤其在英国人中更是妙用无穷。英国人太过于注重"幽默感"了，以至于欠缺幽默感，比起其他任何的缺陷，都更让人引以为耻。对英国人而言，幽默简直就是人生莫大的恩典，随时带给人安慰，而且（请注意！）宽宥了人一切的瑕疵。因此，它是捣毁羞耻心最最无价的工具。某人总是让别人替他掏腰包，够"小气"了吧！然而，倘若他用一种逗趣的态度炫耀自己的作风，并且调侃他的同伴老被自己占便宜，他就不算"小气"，反而成了喜剧人物。

懦弱是可耻的，但是用夸张的幽默和搞笑的表情渲染自己的懦弱，它就变成一种无伤大雅的笑料。残暴是可耻的——除非那个施暴的人懂得用戏耍的方式扮演自己的暴行。一千个淫荡的、甚至亵渎的笑话，都不会让人的灵魂沦落地狱，只要一个人能够让别人把自己的行为当成是一个笑话，几乎就可以任意妄为，如此一来，非但没有人反对，还会博得同伴们的喝彩。这种陷阱极为管用在于你那宿主完全被蒙在鼓里，因为生为英国人，他太看重幽默感了。谁若敢唱反调纠正，就会被讥讽为"清教徒"，或扣上"欠缺幽默感"的帽子。

　　戏谑之妙用是这四种中最令人激赏的。首先，它极易事半功倍。只要动动脑筋，人就能开美德的玩笑，开任何东西的玩笑；每个头脑活络的人，你我都能训练他嚼舌根，把美德**视作**天大的笑话。轻薄之人凑在一起，笑话总是一箩筐一箩筐地出炉。其实，哪有谁真的在制造笑话；只不过每个严肃的话题都被嘲弄地讨论，仿佛他们早已发现了它可笑的一面。持久下去，戏谑的习性会在这种人身上打造出一件我所知道的最最精制的盔甲，用以抵挡老贼头，其中又完全没有潜藏在其他逗笑因子中的危险成分。戏谑与喜乐相差十万八千里；它使人的知性僵化，而非敏锐；以嘲弄互相取乐的人，彼此之间毫无温情可言。

你那擅长插科打诨的笑匠大师叔叔

- 第12封信 -

亲爱的小蠹木：

看来，你进步神速。我只是担心你欲速则不达，为了尽快掳获这小子，反而让他清醒过来，意识到自己真实的处境。他的处境是什么，你我当然了如指掌。不过，别忘了，千万得让他有截然不同的认知。务必转移他的航向，这点我们算是办到了，他已偏离了那环绕着老贼头的航道，然而必须让他以为导致航向变更的每一步抉择都无伤大雅，都有回旋的余地。绝对不容许他怀疑自己正在掉头离开太阳，朝外层空间最冷肃、阴暗的地域前进，即使速度奇慢无比。

因此，听说他仍经常上教堂，还领圣餐，我反而龙心大喜。这情况有多险恶，我当然知道；不过，总胜过让他意识到自己已截然有别于刚成为基督徒的那几个星期。只要他外表仍维持着基督徒的行为习惯，你就能让他以为虽然结交了一些酒肉朋友，也染上了一些找乐子的嗜好，自己的属灵状况却是与六星期前毫无两样。只要他一直这么认为，我们就不必面对这个棘手的局面：有具灵魂竟然充分体察到自己一项具体的罪，并且公开忏悔。我们只需对付他那模模糊糊、略带不安的感觉，即觉得自己近来似乎哪里不对劲，有点脱轨。

这种若隐若现的不安需要小心对付，如果任由它加剧，会把你那小子惊醒，我们的整套把戏就穿帮了。但是，若你完全压抑那股不安——这不可能，因为老贼头隔不久就会出面干预——我们也就失去一个可以扳回一城、反败为胜的着力点。容许这种惶惶不安的感觉存在，却不让它变得不可抗拒，进而发展成真正的忏悔，就会导致一种绝妙的局面。它会让这小子愈来愈不愿意去思想与老贼头有关的事。其实，几乎所有人时时刻刻都会有这种不情愿想起老贼头的心理；尤其一想到老贼头就牵涉到要面对罪，让原本像团云雾般游移在意识边缘的罪变得格外鲜明，这样的不情愿更会加剧十倍。处在这种光景中的人恨恶每一个会让他想起老贼头的意念，就像人在经济窘困时讨厌看到银行存折一样。落入这种光景，你那小子虽不至于完全轻忽，但会愈来愈不喜欢履行各样信仰的义务。起先，在不损及颜面的情况下，他会尽量规避，不去想它们；一旦事情过了，随即将之抛诸脑后。几个星期前，当他祷告时，你必须千方百计**诱惑**他，才能叫他关注那些子虚乌有的事，叫他漫不经心。现在呢？你会发现他向你张开双臂，几近乞怜地要你让他的心麻木，让他分神，不再专心关注属灵的目标。他会**渴望**自己的祷告无效，因为他所惧怕的正是与老贼头有真实的接触。他要的是让瞌睡虫大行其道。

这样的光景一旦笃定，渐渐地，你就不必费心利用感官的愉悦去诱惑他。当**不安**以及**不愿去面对不安**使得他愈来愈与真正的快乐绝缘，当**成了习惯**使得虚荣带来的快感、亢奋和张狂，很快变得不再刺激、好玩，却又像鸡肋一样弃之可惜（真棒！习惯就这样替我们扼杀了快感），你会发现随便任何事（或没有一件事）都能够吸引住他游移不定的注意力。你不再需要用一本好书、一本他真正喜欢的书迷住他，让他不祷告、不工作、废寝忘食；只消昨天报纸上的一栏广告就绰绰有余了。你可以让他浪费时间，不仅仅跟自己喜欢的人闲扯，就算和他根本不在乎的人谈一些趣味索然的话题，也可以耗掉大半天。你可以使他长时间无所事事，夜深了还不睡，不是在外当孤魂野鬼，而是在一间冷飕飕的斗室里瞪着已灭的炉火发呆。一切有益于健康的户外活动，都要他一概避免，他也乐得放弃，并且"不以其他事"取代。所以，咽下最后一口气的时候他会说（就像我的一个宿主下到这地狱来时说的）："现在我终于恍然大悟了，原来我大半辈子所做的，**既不是我应该做的事**，**也不是我喜欢做的事**。"基督徒这样形容老贼头："没有他，一切就失去了威力。"其实，"虚无"最有威力，它的威力大到能够窃取一个人的黄金岁月——不是浪费在甜腻腻的罪中，而是让自己的心思像风中残烛一样，在一些不明所以、不知就里的事上晃来荡去；在一些令人好奇的猥琐事上半醉半醒地寻找满足；终日浑浑噩噩地东摸摸西逛逛，百无聊赖时吹吹口哨，全都是自己讨厌的曲子；或者沉溺在幽深的幻想迷宫中，却又缺乏足够强烈的色欲或野心让自己从中快乐，只不过偶然间兴起遐想，而这个人早已气息恹恹、心思迷糊，再也无力自拔了。

你会说这不过是些芝麻小罪；毋庸置疑，像所有年轻气盛的勾魂者一样，你渴望能够报告一些有看头的劣迹秽行。但别忘了，唯一要紧的是怎样把人跟老贼头隔绝开来。罪再小都无所谓，只要累积的效果能让人背离光，进入虚无。杀人并不比玩牌强，玩牌也能小兵立大功，掳获人的灵魂。的确，通往地狱最稳妥的路是渐进的——坡度平缓，走起来松松软软，舒服极了，没有急转弯，没有里程碑，没有路标。

你那最能体贴人性软弱的叔叔

- 第13封信 -

亲爱的小蠹木：

看起来，你真称得上滔滔不绝、短话长说。其实说了老半天，就只一句，那就是，你让这小子从你指缝间溜走了。这下子事态可严重了，而对于你的无能所带来的苦果，我实在无法说服自己帮你开脱。是你自己说的，他已悔改更新，彻底投靠在敌营"恩典"的旗帜下，这将会令我方一败涂地。这相当于第二次归信——而且很可能比第一次归信更为彻底。

你早该知道，阻止你在这小子的回头路上继续引诱他的致命武器，是出了名的把戏。这是老贼头最刁钻的武器，常常在老贼头以诡谲莫测的方式直接亲近任何我方宿主时，一步步展现威力。有些人甚至一生都被它给围护住，让我们毫无下手的机会。

现在说说你闯的祸，你所犯的第一个错，就是允许这小子读一本他真正喜欢的书。也就是说，他读那本书，是因为确实喜欢那本书，而不是为了向新交的朋友炫耀自己的睿智与才学。其次，你居然眼睁睁地任由他到老磨坊去蹓跶，并且还在那儿品著——让他在乡间漫步，并且享受踽踽独行的况味。换句话说，你任由他尽情享受这两项正面的乐趣。你怎么会无知到对其中的危险毫无警觉？

痛苦与享乐的特征就是，它们是这样的真实，以致让亲历其境的人了然于心，仿佛试金石在握，因此知道何谓现实，并且即刻回到现实。所以说，要是你想使这小子像拜伦笔下的哈洛德或者歌德笔下的维特一样，浪漫地在幻想中自怜自艾毁了自己，那么你就应该不择手段，使他无法感觉任何真正的痛楚；因为，话说回来，只要足足五分钟的牙疼，就能够使他们觉悟自己无病呻吟的荒唐，并且识破你所有的计谋。既然你想用俗世的方法设计你那宿主，哄骗他要以虚荣、忙碌、讥讽、奢华等等作为人生至乐，你怎么会糊涂到忘记万万不可让他接触这些**真正的**乐事？难道你看不出来，这样反而会突显出你灌输给他的只不过是些肤浅的价值观？难道你不知道，那本书和乡间漫步所给他的是一种最危险的乐趣，会使你蒙在他感性上的那层厚茧剥落，让他心生回到家找回自己的感觉？使他远离老贼头的第一招，就是要先让他远离自己，而你也已经有所斩获。不过，这下子似乎前功尽弃了。

我当然知道老贼头也希望那些人能离弃自我，但他用的方法截然不同。可别忘了，老贼头可是真心喜爱那些人渣，还十足荒谬地把他们一个个当作独一无二的宝贝。他口中所说的要他们放弃自我的意思，其实不过就是希望他们摆脱自我意志的搅扰，不再以自我为中心；一旦他们做到了，老贼头还真的又把他们的人格还给他们，并且夸口说（他说这话可是当真的），只要他们完全顺服他，就更能找到自我。因此，他一方面乐见他们把自己一些其实无伤大雅的私念献祭给他，另一方面却又极不乐意见到他们为了其他原因而违逆他。

这正是我们可以怂恿人的地方。每个人最根深蒂固的喜好与欲望，就是找回老贼头当初安置在他们心中的生命原质。所以，只要把他们和这些原质隔离开来，我们就在胜利之路上迈进了一大步；即使在一些无关紧要的事物上，也要用现世、通俗或者正在流行的风尚，取代人真正的喜好与欲望。我自己就曾在这些方面下过功夫。我的原则就是，要把我那宿主日常生活中一切不能算是罪的个人嗜好，即使只是打打球、集集邮或者喝杯可可等等，都一律加以铲除。我承认这些事情根本无关痛痒；我担心的只是它们所营造出的那股纯真、谦卑和忘我的境界。毕竟，一个真心诚意、无所为而为地享受生命中的事物，并对他人看法毫不在意的凡夫俗子，对我们精心规划的计谋最有免疫力。你应该千方百计诱使你那小子为了追逐所谓"最优秀"的同伴、"最正确"的食物和"最重要"的书籍，甘心放弃自己真正喜欢的人、真正喜欢吃的东西和真正喜欢读的书。我认识一个人，就因为嗜吃牛百叶和洋葱，而成功抗拒了角逐社会地位的巨大蛊惑。

我们得想办法扳回眼前的颓势。最重要的就是要先阻止他付诸行动。不管这小子多重视这次的悔改，只要他不付诸行动，就不会形成大碍。就让这小子沉醉在悔改中。如果他想要有所作为的话，不妨让他写本书发泄发泄；通常来说，这是打压老贼头植在人类灵魂里面那些种子的最佳途径。可以让他任意发挥，就是不能让他付诸行动。只要他不付诸行动，不论在他脑海里或情绪上有多虔诚，都对我们毫发无伤。有个家伙曾经说过，反复操作足以增强积极的习惯，削弱消极的习惯。只要他心里常有感动而无所行动，那么他付诸实际的机会就愈来愈渺茫，并且长远来说，他的感动也会愈来愈淡薄。

你那擅长破解自我迷宫密码的叔叔

- 第14封信 -

亲爱的小蠹木：

你上回信中提到的最值得我方警惕的是，这小子竟然不再像刚投奔敌营时那样，动不动就信誓旦旦地立下这个志向、那个志向。我得到的情报是，他不再信口开河地许下各种恒久美德的誓言；甚至也不再期望一生有"恩典"相随，顶多只希望有足够的力量去抗拒日常生活中一桩桩小小的试探！这种转变其实对我们相当不利。

我看目前只有一件事还可以有所作为。这小子已经变得谦虚起来了，你引诱他时自己留意到这现象没？只要他一注意到自己还真有些美德，那我们就有见缝插针的机会了，尤其是谦虚这回事。一定要把握住这小子在灵里确实表现出谦卑的时机，然后暗地里诱惑他踌躇满志地夸奖自己"太帅了！我还真谦虚"，这下子傲慢（以他自己的谦虚为傲）就会一跃而出。如果他对此有所警觉，还想抵挡这股傲慢，那就叫他再为自己居然还能抵挡傲慢而感到自豪，就这么一路跟他尽情地缠斗下去。但是，切忌不可久战，久战之后反而会唤醒他的幽默感，他会知道适可而止，对你一笑置之，倒头去作他的瞌睡虫。

不过，让他专心注意自己的谦虚，还另有妙法。需知老贼头就是利用谦虚和其他所谓的美德，使我们的宿主不再只顾自我，反而能兼顾老贼头和周围的邻舍。其实到头来一切所谓的卑微和自谦，都是以此为唯一目的；只要他们还做不到这地步，就对我们没啥大碍。而且，如果他们的注意力都放在自己身上，反而对我方更有利；而更大的利好就是，让他的自卑自弃成为轻蔑别人的跳板，进而使他整日愁眉深锁、尖酸刻薄、冷酷无情。

所以，你一定得用尽心机，让这小子忘记谦虚的真貌。让他以为谦虚不在于忘我无私，只在于对自己的才能和特质采取一种特殊的观点（主要就是轻蔑）。我想，你那小子确实有些才能。设法让他以为谦虚就是要认为这些才能的价值比他自己所想的还要低。无疑地，这些才能的价值的确比他自己所想的还低，但是重点不在这里。重要的是，要让宿主们重视某一观点过于它的真正价值。如此一来，就将虚谎和作伪添加进原本有可能成为美德的事物当中。结果，成千上万的凡夫俗子认定所谓谦虚就是，美女要认为自己是丑女无盐，智者要认为自己是愚人张三。而他们试图相信的东西，有时显然荒谬无稽，根本与实情不符，于是乎，我们就有机会诱使他们的心思一直围绕着自我打转，想要达到那根本不可能的所在。

要想揣测老贼头的策略，就得先看穿他的目标。老贼头一心想要使我们那些宿主具有这样的胸襟：尽管他们能够设计出世上最好的教堂，并且自知那是世上最好的教堂，然而不论建造那教堂的是他自己或别人，他都能够与有荣焉，感到莫大的喜悦。到最后，老贼头希望他能够不再拘泥于自我，以至于能够满怀感恩，为了自己以及邻舍的才能——甚至为了日出、大象、瀑布而感到欢欣。就长远而言，他希望每个人都能够明白所有受造物（包括他们自己）都是满有荣光、精彩绝伦的事物。虽然他想要尽快铲除他们心中兽性般的自爱；但是，我认为老贼头的长期计划是要在他们心中重建一种崭新的自爱——就是要对所有人（包括他们自己）都抱持一颗仁爱与感激之心；一旦他们真正学会爱邻舍如同爱自己，也就能够爱自己如同爱邻舍了。

千万不可片时忘记老贼头最令人作呕与费解的特征，那就是他**真的**爱他创造的那些无毛的两足动物，并且对于从他们身上挪走的任何东西，老贼头总是左手取右手还。

因此，老贼头念兹在兹的就是要使这些凡夫俗子丝毫不要以自己的身价为念。他情愿这些俗人自视为才华洋溢的建筑师或者诗人，以臻于忘我的境界，而不愿他们殚精竭虑地贬抑自己的才华。所以说，你想要把虚荣心或者假谦虚灌输给你那小子的做法，正好遇上了敌营的文宣战，对方旗帜鲜明想标榜的就是，要我们那些宿主认为，任何人都不可将自己的才华画地自限，因为所有的人都能够尽己所能突破现状、力求上进，而不需顾虑眼前的身价。你可得不计任何代价把这些勉励的话从这小子的脑海里剔除掉。

老贼头想必也会在我们的宿主心头灌输一些他们表面上奉为圭臬、感觉上却无法真切体会的教义——这教义指出他们不是自己的造物，亦即他们的才华是老贼头恩赐的礼物，为自己的才华沾沾自喜跟自夸发色漂亮一样无聊。老贼头的目的就是要用尽心思和各种方法，让我们的宿主不要再计较这些事情，而你的责任就是偏要让他们只醉心于这些事情。甚至关于你那小子的罪愆，老贼头也不要他过于忧心忡忡：只要他立刻悔改，不再处处以自己为念，就会更讨老贼头的欢喜。

你那最最谦卑以致自我嫌弃的叔叔

大榔头

- 第15封信 -

亲爱的小蠹木：

我当然注意到了，人类对欧战（他们天真地称之为"大战"）的感觉正进入一种麻木阶段，而宿主们心里的焦虑也相对平息下来，对于这一点我丝毫也不意外。我方的立场到底是要乐观其成，还是要另起炉灶兴风作浪？无论我们的宿主心存恐惧战兢或者冥顽自信，都是有利于我方的心态。两者之间如何作选择倒是伤透脑筋。

人类都是活在时空中，但是我们的死对头却把永生应许给这些凡人。我推想老贼头有意要他们留意两件事，一件是永生，另一件就是所谓"当下"此刻。因为当下就是时间与永恒的交会点。只有在当下的经验中，人才能稍微体验到类似老贼头对整个真实的把握；他们唯有在当下才能感受到自由与实在。因此，老贼头希望我们的宿主持续关切两样东西——要么专注于永恒（也就是老贼头），要么专注于当下——也就是潜心关注与老贼头永恒合一或是永远隔绝，抑或听从于良心在当下的呼唤，背起当下的十字架，接受当下的恩典，为当下的喜乐献上感恩。

我们的当务之急，就是使他们离开永恒和当下愈远愈好。为达此目的，有时候不妨去引诱人（譬如一个寡妇或一位学者），让他们沉溺于过去。但是这种效果也有限，因为他们对过去或多或少都有些认知，并且过去也有其固定不变的本质，致使它就某种程度而言也近似永恒。因此，更好的做法就是让他们活在**未来**。基于生物需要，人类所有热情都早已指向未来，因此对未来的憧憬会激发出希望与恐惧。另外，对他们来说未来是不可知的，于是在诱使他们对未来产生种种憧憬之际，也就陷他们于虚妄当中了。换句话说，在一切事物中，未来和永恒**最截然不同**。未来是时空中最无法捉摸的一段——过去已经冻结，再不会流动，当下则被永恒之光照亮。因此，我们所鼓吹的那些搅乱人心的思想，例如创造进化论、科学人本主义或共产主义等等，都让人把热情的焦点放在那最不确定的未来。因此，几乎所有的妄念都植根于未来。感恩的心本于过去，仁爱的心专注于当下；恐惧、贪婪、色欲、野心则着眼于未来。不要误以为色欲是个例外。当下的快乐一旦涌现，罪（咱叔侄的最爱）就成了过眼云烟。对我们而言，快乐只不过是使我们感到怅然若失的过程之一，如果我们既能把快乐抽离出来，又能把罪保留下来，那就太美妙了。快乐是老贼头发明的点子，所以能够在当下体验；而我们所鼓吹的罪则是着眼于未来。

其实，老贼头也希望人类想想未来——但不过是为了**现在**而计划安排明天有哪些善行义举是自己该尽的义务。为明天的善行义举作计划是**今天**的责任；即使所计划的是未来的事情，这些责任就和所有其余的责任一样，都是当下的责任。要把这两者分辨清楚，的确得费点工夫。老贼头可不希望人类把全部心力都放在未来，一股脑儿地栽进去。但这正是我们求之不得的。老贼头的如意算盘是希望他们在为下一代辛勤工作一天之后（如果这就是他的职责），能够抛开一切缠累，把忧虑交托给上天，并且能立即回应自己眼前的遭遇，随之产生忍耐及感恩的心。但是咱们则希望凡人都被未来压得喘不过气——他们不是痴迷于即将临到的天堂异象，就是为地球即将沦为地狱而惶惶不可终日——如果我们能够诱使那些凡夫俗子真以为靠自己就可以臻至前者或者逃离后者（这取决于宿主是否相信自己所崇奉的在不可知的未来能够实现），那么他就会如我方所愿，把老贼头关于当下的命令抛诸脑后，弃如敝屣。我们的崇高目标是要整个人类都为了追逐飘渺的彩虹而殚精竭虑，无暇顾及**眼前**的真诚、仁慈或幸福，而且一直把自己当下所拥有的各种恩赐都堆在祭坛上，献给虚无的未来，并用一把火烧个精光。

所以，总而言之，与其让这小子活在当下，倒不如让他所有的心思都为这场战争而忧心如焚或信心满满（或忧或喜都无所谓），其他各方面也都要按此办理。但是所谓"活在当下"，这话暧昧不明。它的某层含义说不定也和忧虑一样跟未来挂勾。你那小子对"未来"满不在乎，可能不是因为他着眼于"当下"，而是因为他已说服自己"未来"大可高枕无忧。若这是他气定神闲的真正原因，那么这对我方是有利的，因为这只是在堆积失望和不耐烦，他那些自欺欺人的愿望迟早会破灭。另一方面，如果他清楚前途堪忧，一面祈祷自己德性增长，以便应对未来的不测，同时他又专注于"当下"，因为所有责任、恩典、知识、快乐都只存在于当下——这样的状态就不利于我方了，必须立即采取行动。此时，应该让我们的文宣武器发挥无坚不摧的威力，给这小子灌输"志得意满"的感觉。当然，话说回来，他之所以能够"活在当下"，多半不是因为上面这些理由，只不过因为他身体强健，并且有份自己喜欢的工作罢了。这种现象对这些人来说再自然不过了。虽然如此，如果我是你的话，仍要从中破坏。任何自然的存在形式，都对我们不利。更何况，凭什么让这些人渣快快活活地过日子？

你那处心积虑投资未来的叔叔

– 第16封信 –

亲爱的小蠹木：

你上封信轻描淡写地提到你那小子依然还在上教会，而且自从归顺敌营后，只固定去一间教会，同时，他对那教会并不十分满意。我倒要问问，你打算怎么办？你怎么没有向我报告他坚持留在教会的原因？你难道不知道，除非他坚持的原因是根本无所谓，否则就大事不妙了？你应该心知肚明，如果无法阻止他继续上教会，那么至少也要让他四处奔波，寻觅那"最适合"他的教会，直到他变成对教会品头论足的行家。

这道理很简单。我们的第一原则就是要

无情地打击教区教会，因为教区教会是以地区、而不是以个人喜好为号召的团体，所以能够汇聚各种阶层和不同性格的人成为一个团体，这正是老贼头朝思暮想的所谓合一。另一方面，所谓教派制度则足以使教会变得像是俱乐部一样，如果一切进展顺利的话，到最后就会搞派系或者内哄。其次，寻觅"最合适"的教会，会使这小子变得很挑剔，而老贼头却希望他能虚心学习。老贼头妄想坐在教会里的信徒懂得分辨虚假和无意义的事，并不遗余力地抗拒，但是对于教会喂养的所谓教导却丝毫不加思索照单全收。（瞧瞧这老贼头多不入流，多不属灵，简直就是庸俗到底！）这种对我们来说最要命的心态，会使宿主把小贼们在台上讲的陈腔烂调都当作金玉良言。要是人都以这种心态来听道或读书，我们就没得混了。所以，拜托你快快打起精神来，挑拨你那小子马不停蹄地在附近几个教会轮流游走。老实说，我们对你到目前为止的表现并不太满意。

我已经在办公室的档案中，查出两间离这小子最近的教会。它们各有不同的主张。第一间教会的牧师长久以来一直在降低对信仰的坚持，目的就是要迎合那些信心不坚定以及冥顽不灵的信徒，如今弄巧成拙，反倒是教区内的信徒对他肤浅流俗的信心瞠目结舌。他已经使得许多基督徒在信仰的道路上跌得鼻青脸肿。而他带领崇拜的方式也同样令人拍案叫绝，为了减轻信徒的"负担"，他已经放弃经文选读以及配合的诗篇，甚至不知不觉地，只是反复使用他自己喜欢的十五首诗篇和二十来个讲题。所以我们大可放心，那小贼和他的会众再也不能从圣经里面更进一步地认识任何真理。话说回来，你那小子是否已经蠢到愿意加入这个教会，还得烦你再多下些功夫。

在另一个教会里，我们有史百克神父（Fr Spike）。宿主们都被他的观点弄得晕头转向，想不明白为什么他前一天偏向共产主义，另一天又偏向宗教狂一般的法西斯主义；一会儿像是学究，下一会儿又想要推翻人的理性；前一天还对政治十分狂热，隔天却又说世上所有的国家都一律要受审判。我们当然清楚得很，其中的关键就在于仇恨。这个小贼讲道的心态是，非得使自己的父母和朋友感到一阵阵的惊吓、痛楚、困惑或者羞辱不可。只要是这些人能够听得懂的讲章，对他来说都是索然无味的，如同一首平淡无奇的诗。在他里面有着一股令咱们暗暗窃喜的欺世心态；我们正在调教他，当他口里说："教会所深信的是……"，其实他心里真正要说的是："我最近在哲学家马利坦[1]，还有某人的书上读到的

---

1. 马利坦（Jacques Maritain, 1882—1973），法国天主教哲学家，新托马斯主义代表人物。——译者注

是……"。不过，我可要警告你，这小贼有个致命伤：他倒是真的相信老贼头。针对这点我们目前还束手无策。

然而，这两间教会还有一个共同的优点：它们都是闹派系纷争的教会。我记得曾经告诫过你，如果你那小子非得上教会不可，那么就该让他积极地和教会的某个派系搅和在一起。我说的可不是什么教义之争；对于那些教义，他愈没兴趣愈好。况且，我们主要不是靠教义掀起派系间的敌意。真正精彩的是，挑拨**主张**用"弥撒"的那派和**主张**用"圣餐"的另一派之间的敌意，虽然他们两方对胡克[1]与阿奎那[2]的说法之间有何差异，根本都还一头雾水。而任何无关痛痒的细枝末节，例如蜡烛、服饰以及其他这类玩意儿，全都是我们可以下手搅和的好借口。我们已经成功地使人忘记了保罗那讨厌鬼关于食物和其他琐事的教导——也就是，在良心上无拘无束的人总要顾念那些良心软弱的人。若不是我们下的功夫有成效，你还真会看到他们照样遵行呢。你会看到不那么注重仪式的"低派教会"行礼如仪，以免使良心

---

1. 胡克（Richard Hooker, 1554—1600），英国圣公会神学家，思想地位如同阿奎那之于罗马天主教。——译者注
2. 阿奎那（Thomas Aquinas，约 1225—1274），中世纪经院哲学家和神学家，罗马天主教会视其为最重要的神学家。——译者注

软弱又注重仪式的"高派教会"变本加厉地看重繁文缛节；而那"高派教会"也同样会有所节制，以免使得"低派教会"转而崇拜偶像。要不是我们努力不懈，他们还真能办到呢。若非我们从中作梗，英国教会各种不同的传统也许就会成为孕育恩慈与谦卑的温床！

你那热衷于制造派系的叔叔

- 第 17 封信 -

亲爱的小蠹木：

你在上封信中以轻蔑的口吻提到，贪吃乃诱捕人类灵魂的绝招之一，充分暴露出你的无知。过去这一百年间，我方最大的成就之一就是使人的良知对这个议题感觉麻木，所以目前在整个欧洲，几乎没有任何讲道或任何人还会以此为念。这主要得归功于我们把进攻策略的主轴放在讲究精致美食，而不放在食量的多寡上。我从档案里知道，你那宿主的母亲就是一个好例子，想必你也从蛊伯那里略知一二。我真希望她有一天猛然惊觉，原来自己一生都被这类感官享受捆绑着，正因所涉及的只是微量的饮食，自己才毫无知觉。只要我们能利用人类的口腹之欲，成功地挑起种种牢骚、急切、无情和自私的心态，那么又何必计较量的多寡？蛊伯可真把这老太婆玩弄于股掌之间。对款待她的女主人和佣人来说，她真是令人头痛。她老是婉拒端上来的饮食，并且带着微笑故作腼腆地叹口气说："啊，好，好……其实我只想喝杯茶，要淡一点，但是不要太淡，加上一小片烤得很脆的吐司。"了解了吧？因为和主人所预备的比起来，她要的东西实在不多，也比较便宜，因此她坚持自己嗜好的癖性，不管对别人来说有多麻烦，她从来都不会认为自己是贪吃。当她放纵自己口腹之欲的时候，还真以为自己是在节制呢。在来宾爆满的餐厅里，她会对忙不过来的服务生端上来的餐点惊呼："啊，太多了，真的太多了！端回去，只要给我四分之一就够了。"如果有人不同意，她会说如此坚持只是为了避免浪费。其实，令她坚持的真正原因是，我们在她心里灌输的精致美食观念正在作祟，使她无法忍受自己面前的食物超过自己想要的分量。

蛊伯多年来默默地、不留痕迹地在这个老太婆身上所下的功夫，如今终于可以从她整个生活都为肚腹所挟制上，看出可贵的成果。这个女人所抱持的是所谓"我要的只不过尔尔"的心态。她要的只不过是一杯好茶，或者一个煮得刚刚好的鸡蛋，或者一片烤得刚刚好的吐司。但是她总觉得没有佣人或者朋友能把这些简单的事情做得"恰到好处"——因为她所说的"恰到好处"里面，隐藏了她吹毛求疵的标准，而这标准却是她自己记忆深处对昔日美味的怀念；她所谓的昔日是"那段找得到好佣人的日子"，但就我们所知，她的味蕾在那些日子其实比较容易知足，并且还有别的嗜好使她不至于唯独钟爱饮食。如今，日积月累的失望使她的脾气愈来愈坏：厨子一个个请辞，朋友也日渐疏远。一旦老贼头开始让她自省是否过分热衷于饮食，蛊伯的对策就是，让她心想并不是自己在乎吃什么，只是"希望拿些好的东西给孩子吃"。当然，她自己过度的要求正是多年来使她孩子无法享受家居乐趣的主要原因之一。

注意，你那小子可是有其母必有其子。你在其他阵线埋头苦干的同时，千万别忘了在贪吃方面也得暗暗下点功夫。身为男人的他不太容易被"我要的不过尔尔"这种借口所糊弄。引诱男人贪吃的最好策略，就是挑拨他的虚荣，让他们自认为是美食专家，并且沾沾自喜于已经发现哪家牛排馆烹调得最为"恰到好处"，如此一来就可以把虚荣渐渐转化为癖好。但是，不论你采用什么伎俩，最高的境界就是要使这小子一离开任何癖好（不管是香槟或者热茶、烧鲽鱼或者香烟）就"停摆"

了。这样一来，他的爱心、正义感和服从心，就全都随你摆布了！

光是暴饮暴食绝对比不上讲究精致美味。后者的主要功用就是为我们摧毁你那小子节制的美德先行攻坚。在节制方面，以及在其他方面也一样，要让他的心里不断保持一种属灵的假象。绝对不要让他注意到生理问题。始终要让他以为是骄傲或者缺乏信心使他落入你的陷阱。其实，他只要稍微回想过去二十四小时吃喝的东西，就会明白你到底是怎么把他撂倒的；而只要稍微在饮食上节制一点，就能化解你连绵不断的招式。如果他**非要**朝食欲节制方面去思想，那么就灌输给他我们在英国人身上成功奏效的大谎言，让他真以为过量运动以及随之而来的疲劳，特别有益于克制欲望。其实，只要看看那些水手和士兵令人侧目的纵欲表现，自然就会怀疑这些宿主们怎么可能相信这劳什子想法。不过，倒可以利用我方学校的训育人员替我们散布这些谎言——这群人鼓吹运用各种竞赛来培养节制，其实是利用节制作为举行各种运动竞赛的借口，个中原委实在太过复杂，不便在此详述。

你那大力推广精致美食的叔叔

大榔头

- 第18封信 -

亲爱的小蠹木：

即使郭鲁伯当校长，你在魔鬼训练学院也必定学过性诱惑的各样惯用伎俩。既然对我们这些没有肉身存在的鬼魔而言，性这课题其实蛮无聊的（虽然是训练课程不可或缺的一部分），在此我将按下不表。不过，牵涉到性的一些较为广泛的课题，我认为尚有许多你该学的。

老贼头对人的要求，以一种两难的方式出现：完全的禁欲，或者不折不扣的一夫一妻制，两者只能择其一。自从我们的父成功地引诱夏娃之后，已使得人极难做到前者。

后者呢？由于我辈的努力，过去几世纪以来，已经逐渐失去了它作为人生避风港的功用。透过诗人和小说家，我们说服人类相信：那奇特的、通常极其短暂的经验，人称之为"恋爱"的，是婚姻唯一值得尊敬的基石。婚姻可以、也应该使这种令人亢奋的激情维持不坠。一个无法使激情存续的婚姻，便不再具有约束力。这种讴歌爱情的观念是我们向老贼头学来的，只是学走了样，变成拙劣的模仿。

地狱的整套哲学建立在一则格言上：非彼即此；余岂容他者哉？物与物之间，人与人之间，泾渭分明。我的好是我的好，你的好是你的好。甲之所得必为乙之所失，甚至连非生物个体之形成，也借着从它所占据的空间把其他物体排斥在外；如果它想扩张，就得把其他物体斥逐开去，或者将其吸纳成自己的一部分。同样的生态也适用于人类的自我建立。兽类靠吞食来摄取他物；至于我辈，这意味着由强者吸摄弱者的意志和自由。"生存"意味着"竞争"。

老贼头的哲学所孜孜不倦追求的，恰恰正是如何规避这个昭然若揭的真理。他以一根本的矛盾作为鹄的：万物纷繁多致，却又相互涵融，归本于一。我的好也就是他者的好。他把这不可能存在的状态称作"爱"，这粒单调的万灵丹，你我可从他一切所行的事，甚至他的一切所是，或他自己宣称的所是当中，找到痕迹。不满足于仅仅作为一个纯数字化的"万本归一"，他于是宣称自己是三，同时也是一，好让这种关于爱的无稽之论可以在他三位一体的本质里找到立足点。在创造的另一端，他则把那卑劣的发明——有机体——引进物质里，让作为部分的个体悖离竞争的天然宿命，彼此相辅相成。

他将性设定为人类繁衍种族的方法，真正的动机是什么，从他如何利用性加以观察就立见分晓。从我们的观点看，性可以是无所为而为的一派天真，可以只是让强者猎捕弱者的另一种形式——就像，是的，就以蜘蛛为例，雌蜘蛛在完成交配之后就把雄蜘蛛吞吃掉。但在人类身上，老贼头却凭空以性欲作为男女之间情爱的吸引，也让因此繁衍出来的后代倚赖父母，并且赋予父母承担养育职责的本能，从而建立了家庭。这种人类组合，就像有机体一样，甚至有过之而无不及，因为每个成员各具特色，却又同时以一种更清明的意识和责任心紧密结合在一起。家庭这玩意儿，事实上，证明是老贼头又一个巧妙的设计，为了让爱能够存续。

接下来谈一则笑话。老贼头把夫妻形容为"骨中骨，肉中肉，成为一体"。注意，他可没说是"一对享受婚姻快乐的佳偶"，或者"一对因彼此恋慕对方而结合的佳偶"。你要让人完全漠视其间的差别，并且让他们忘记那个名叫保罗的使徒并未把"成为一体"单单局限在**结婚的**夫妻上。对保罗而言，单单性交就构成了"成为一体"。让人漠视这些，就能使他们把纯粹只是对性交真正意涵的如实描述，读作对"爱情"的讴歌。其实，只要一个男人和一个女人交媾，不管双方是否情投意合，他们之间就建立起一种超越的关系，这层关系一旦建立，就必须永远享受或者一辈子忍受。有了这层超越的关系——如果人顺服地进入这种肉体合一的关系——往往就因此产生了温情和家庭。从这项符合事实的陈述，你可以导引人推衍出一项与事实不符的理念：糅合着温情、惧怕和欲望，人称之为"恋爱"的经验，是使婚姻幸福或神圣化的唯一因素。要制造这种错误的观念并不难，因为在西欧，恋爱的确经常发生在遵循老贼头的设计所缔结的婚姻之前。在这样的婚姻里，夫妻二人立约要彼此忠诚，繁衍后代，并以善意相待；正如宗教的感动经常——虽未必总是——伴随着一个人的悔改得救一样。换言之，你我应该鼓励人类把遭到过度渲染和歪曲的爱情，视为婚姻的根基；其实依据老贼头的应许，爱情是婚姻的产物。如此一来，两种有利于我方的现象会随之发生。其一是，那些不具有禁欲恩赐的个人会因此怯于以婚姻作为满足性欲的解决之道，只因并不觉得自己"坠入爱河"。而且，多亏我们从中作祟，他们似乎认为除爱情之外，因其他动机而结婚都是卑鄙而又自私的。是的，这就是他们的想法，他们认为存心对那位愿与自己同心协力的伴侣信守忠诚，为了纯净的性和生命的代代相传而结婚，比一场狂风骤雨似的激情来得卑下。（别忘了，也要让你那小子对婚礼的繁文缛节感到厌烦，这样人间便会充满许多拥抱爱情遐想却无法满足欲望的王老五。）其次，任何对于性的迷恋，只要意在结婚，就被冠上"爱情"的雅号。而"爱情"又被尊崇到一个地步，可以因此宽宥一个男人所有的罪过，包括庇护他，让他不必为一切后果负责；包括因此娶了一个异教女子，一个愚昧或浪荡的女人。"爱情无罪"，这是我们应该大力宣传的信仰。关于此，值得一提的还多着呢，余言后叙。

你那主张爱情无罪的叔叔

- 第19封信 -

亲爱的小蠹木：

　　你上封信提及的问题让我苦思良久。如果像我已经阐明的，所有的个体本性里都喜欢争强好胜，因此老贼头所标榜的"爱"按理说是一种矛盾，那么，我再三警告你，老贼头他是真心喜爱虫蛆般的人类，并且希望他们能享受到自由的生命和永续的存在，又当作何解释？我的小亲亲，希望你没有把我写给你的信秀给别人看。其实也无所谓啦，任凭谁都能从中领会我是一时大意才失足掉入异端邪说的陷阱里。顺便一提，我希望你也能了解前几封信里调侃郭鲁伯的话纯粹是玩笑，我对他其实敬重有加。当然啦，我说的那些不愿替你在权威高层之前求情的话也千万别当真，请相信我必定会挺身维护你的诸般利益。不过，拜托拜托，不要把我的信给曝光了。

说真的，出于一时不慎，我才会说老贼头是真心爱人类。这码子事当然不可能成立。他是活灵的存在，人这种畜牲跟他截然不同。对人来说是好的，对他未必然。他那一大堆关于爱的讲论一定是另一种东西的伪托——把人创造成这副德性，却又费尽心思琢磨他们，他肯定另有盘算。之所以会制造出"他的确对人怀有近乎不可能的爱"这说法，是因为我们完全猜不透他真正的动机是什么。他到底坚持把人琢磨成什么样子？这真是一道无解的难题。告诉你也无妨，这问题的本身正是我们在地下的父与老贼头争执的主因。

人类刚被造的时候，老贼头随即公开表明自己已预见到未来在十字架上将会发生的事。乍听之下，我们的父马上寻求与老贼头面谈，要求他作出解释。老贼头默不吭声，只讲了一则他此后不断散播的关于无私之爱的荒唐故事。我们的父当然无法接受，他要求老贼头干脆把底牌亮在台面上，算是给足了老贼头机会，同时坦承自己感到一股巨大的焦虑，想要洞悉这奥秘。老贼头回答："我打从心底也希望你能明白。"我猜想，这场对谈演变到这地步，我们的父对老贼头如此缺乏推心置腹的诚意感到无比厌恶，一甩头便拂袖而去，从此与老贼头无限隔绝。后来敌营传出一则可笑的故事，说他被强迫逐出天堂。从此，我们便明白了那压迫我们的敌营为什么总是神秘兮兮的，因为老贼头的王位建立在玄之又玄的奥秘上。他的追随者这么宣称，一旦我们了解老贼头的爱到底意味着什么，灵界的战争就会结束，我们便能重回天堂。难就难在这里了，我们明明知道老贼头无法真心地爱，谁又能呢？爱根本就说不通。唉，多么希望我们能找出他真正的动机，他所要的**到底**是什么？我们试过一道又一道的假设，还是全无头绪。然而，千万别气馁。寻求解答的理论愈来愈复杂，资料搜集得也愈来愈齐全，有所突破的研究者将会获得更优厚的奖赏，至于无所进展的则要接受愈来愈可怕的惩罚。有了这一切的努力，加快脚步矢志追寻，直到时间的尽头，我敢保证绝不会失败。

你埋怨我在上一封信中没有说清楚：我是否认为人人都该渴望"谈恋爱"。说真的，小蠹木，这种问题该由人类自己去询问。让他们去争论"男欢女爱"、爱国情操、禁欲主义、祭坛上摆设蜡烛、滴酒不沾，或者受教育是"好"是"坏"。你难道看不出这些问题都是没有答案的？什么都无所谓，关键在于某一种特定的心境，在某一特定的情况中，是否能驱使某个宿主在某一时刻更靠近老贼头抑或我们。因此，让我们的宿主费心去定夺"男欢女爱"是"好"或"不好"也挺不错的。如果他是个心性高傲的人，对于同伴所赞许的总要嘲弄一下，又碰巧对属乎肉体的事都心生鄙夷，其实是莫名其妙的洁癖在作祟，却误认为这叫纯洁。像这种人，你要使出千方百计让他唾弃爱情，用一种过度的禁欲主义渗透他的心思，等到把他的性欲与一切使性欲人性化的事物隔绝之后，再反过来用比性欲更野蛮、更犬儒的表现压制他，让他难以招架。

反之，如果他是个感情充沛、容易受骗的人，就让他阅读老派的二流诗人和三流小说家的作品，直到他相信"爱情"是无法抗拒的，而且具有内在的价值。我向你保证，这种信念对于制造逢场作戏虽没什么帮助，却是制造藕断丝连、"崇高的"、浪漫的、悲剧的不伦之恋的不二法门，顺利的话就能制造谋杀和自杀。再不济，也能唆使这小子跳进有利于我方的婚姻，因为婚姻虽然是老贼头发明的，对我们却自有它的用处。这小子家附近一定有某类年轻女子，如果你怂恿他娶其中一个为妻，必能对他的基督徒生活构成莫大的障碍。下一回来信，请记得捎来一份相关的报告。

同时，请你务必心里彻底搞清楚，"恋爱"这件事不必然对我方或敌方有利，那只是一件双方都想从中得利的情境，像许多激起人热烈讨论的事物一样，例如健康与疾病、青春与年迈、战争与和平，从灵命的角度看，都只是一种生活状态罢了。

你那对爱不置可否的叔叔

- 第20封信 -

亲爱的小蠹木：

　　你对这小子的守身自律所发动的一波又一波的攻击，眼前却暂时被老贼头给强力拦截下来。获悉这状况，让我十分郁闷。你早该知道老贼头一定会反击，不必等到溃不成军才撤退。本来就是这么一回事，你那小子这回终于发现了让我们引以为忧的事实，那就是这一波波的攻击不会永远持续下去。所以，到头来，我方最厉害的武器——无知者的共同看法，认为除了投降之外，任何人都摆脱不了我们的纠缠——再也派不上用场了。我猜想你曾经试图说服他，让他相信守身如玉是不健康的。

对了，你还未向我报告这小子住家附近有些什么样的年轻小姐，请尽速上报。因为如果无法从他的性欲下手，让他荒淫无度，我们就必须试着利用性欲来促使他被你我乐于见到的那类婚姻套牢。同时，如果让他"坠入爱河"是我们的上上之策，我愿意给你一些指点，让你知道应该鼓励他去和哪一类型的女人谈恋爱，我指的是拥有那一类型胴体的女人。

笼统地说，这码子事当然是由冥狱里比起你我道行更高的鬼魔所决定的。这些魔头的职责就是在每一个世代酝酿所谓的"性品味"。他们通常透过一小撮人，像通俗艺术家、服装设计师、女演员和广告设计师等，来决定流行的类型，目的是误导男女两性，让他们不去选择最适合的对象，与自己共同缔造有益心灵、幸福美满又有生殖力的婚姻。结果呢？几百年下来，我们已成功地凌驾在自然之上，甚至到达一种地步，使得男性的某些次要性征（譬如络腮胡）不为大多数的女性喜爱——此外，还有许多你想象不到的。至于男性们的"品味"，我们也改变了许多。在某个年代，我们导引他们喜爱像雕像般有着贵族气质的女性美，把男人的虚荣和欲望混杂在一起，鼓励他们与傲气凌人又挥霍成习的女人交媾生子。在另一个世代，我们挑上了过度夸大女性化的那类型，也就是娇慵无力到随时会昏厥的女人，以致愚蠢和怯弱，以及伴随而生的虚假和小心眼，成了抢手货。近年来，在爵士乐取代了华尔兹的年代，我们反其道而行，教导男人喜欢那一类身材和男生无甚差异的女人。因为这一类型的美比其他类型更不持久，于是我们加剧了女性对衰老长年挥之不去的恐惧（导致许多令人拍案叫绝的结果），使她们不情愿、也无法怀胎生子。这还不够，我们同时驱使社会放宽尺度，任由女体写真（哪里是真正的裸体？）在艺术领域、表演舞台或海滩上演出清凉秀，其实都是作伪。当然啦，通俗艺术中的女性裸体画完全失真；真正的女人穿起泳衣或紧身衣，其实都需加垫或束身，才能让自己看起来身材既苗条又凹凸有致，比一个自然发育成熟的女人显得更有男孩味。同时，我们教导当代人相信这才是"率性""健美""回归自然"，结果男人的欲望被我们导引去追求那根本不存在的，使得眼睛在性欲的满足上扮演愈来愈重要的角色，而其所渴求的也愈来愈不容易在现实中找到。这会导致何种后果，你应可预料得到！

　　这是我们当前战略的梗概，在这样的框架里，你仍可鼓励你那小子的欲望往两个方向择一追求。如果你仔细检视男人的心思，当会发现他至少被两种想象中的女人所吸引——一个是地母型的维纳斯，一个是地狱型的维纳斯。他欲望的品质随着所欲求的对象而不同。前一种类型的女人使他的欲望可以自然而然地顺从老贼头的心意——她随时可以付出爱心，愿意接受婚姻的束缚，全人散发着我们所唾弃的敬虔与自然天成的神采；第二种类型的女人则逗引他像兽类一样渴欲着，并且以这种兽性的饥渴为乐，这一类型的女人最能被我们用来唆使男人干脆远离婚姻，即使结了婚，他也会倾向于把这女人当作奴隶、偶像或共犯看待。他对第一类型女人的爱情，若是出于偶然，其中含有被老贼头视为罪恶的成分，这男人会希望她不是有夫之妇，也会遗憾自己不能合法地爱她。但在第二类型的女人身上可以感受到的罪中之乐正是他想要的；那"火辣"的味道正是他日夜渴想的。那女人的脸上有明显的兽的痕迹，时常面露怏怏不乐的表情，妖娆作态，其实冷酷无情。至于她那胴体，与他通常视为美的颇有出入，甚至在他清醒的时刻，还可能视之为丑呢！不过，由于我们的作祟，他会在私下的遐思里为之着迷，血脉贲张。

地狱型的维纳斯之为用大哉！如同娼妓或情妇的用处。然而，你那小子若是基督徒，又满脑子被灌输了爱情是"无法抗拒的""可以包容一切的"等等荒谬说法，就可以诱使他娶这种女人为妻。你啊，若能成就这件事，利莫大焉。关于通奸或独处时可能染上的恶习，你大概拿他没办法；但还是可以在其他方面下手。不妨试试用比较间接的法子撩拨他的性欲，让他无法再矜持下去。顺便一提，这些法子不只有效，还蛮好玩的，而且因此造成的怅惘还会持续一辈子，剪不断理还乱，绵绵无尽期。

你的爱情专家叔叔

- 第21封信 -

亲爱的小蠹木：

是的，实施性试探的这段时间，的确是针对你那小子的毛躁脾气发动侧面攻击的良机。只要他以为这不过是枝节琐事，甚至还可能将之升级为正面攻击，造成他的致命伤。不过，在这码子事上，就像在其他方面一样，在预备发动道德性的攻击之前，务必先让他心智昏花。

人之所以愠怒，不单单因为运气差，而是把运气差当作一种心理伤害，受伤的感觉来自于认为自己一项合理的要求被拒绝了。因此，你怂恿这小子对人生要求愈多，就会让他愈常感到受伤，脾气也因而变得日益暴躁。这时候你会发现，当他觉察到原以为可以自由调度的一小段时间，竟在意想不到的情况下被人剥夺，没有什么比这更容易叫他动怒。一位不速之客（当他正想安静度过一个晚上），或友人爱插嘴的妻子（在他渴望与朋友促膝谈心时突然出现），都能让他抓狂。这时的他还未变得那么麻木不仁，无所事事，所以这些要他善解人意的小小要求，就够他受了。他之所以生气，是因为他把时间当作自己的所有物，因此有被掠夺的感觉。你必须积极地劝诱他，让他的心持守一种奇特的假设："我的时间全是我的。"让他在每一天的开始都觉得自己是这二十四小时的当然拥有者，让他觉得必须把这项财产的一部分分割给雇主，就像被迫缴了一笔重税一样，而允许自己分出另一部分去履行宗教义务，更是一种慷慨的奉献之举。无论如何，一定要让他深信不疑，认为被别人分割掉的一连串时间，在某种神秘的意义上，是他个人与生俱来独享的权利。

这是一项需要你用心完成的微妙任务。你要协助他持守的这个信念如此荒谬，以至于只要这小子对它稍有存疑，就连我们也找不到一丁点儿替它辩驳的理由。人无法制造光阴，也留不住片刻光阴；时间临到于人，纯粹是一种礼物；不然，干脆让这小子把太阳和月亮当作自己的家私算了。理论上来说，身为一个基督徒，这小子应该全然委身于侍奉老贼头。假设老贼头以肉身出现在他面前，要求他全心服侍一整天，这小子铁定不会拒绝。如果这一天他所需做的，不过是听一个饶舌妇唠叨，他会大为泄气；甚至老贼头若说这一天中的半小时，"你可以休息一下，去散散心"，他恐怕也会怅然若失。但凡他能这样稍作反思，务必让他觉得这正是自己每一天战战兢兢活着的光景。我说让他的心持守这个信念，意思绝不是要你提供他可为之辩护的理由。没有任何理由可为之辩护。你的任务纯属负面任务。总之，不要让他的心思有片刻机会反思这件事，用黑暗笼罩在他的知性周围，在这片黑暗的中心，让"时间的主人"这种感觉默默蛰伏，不接受任何省察，却隐隐发挥作用。

"广泛的所有权"这概念应该时时被鼓励。人类总是宣称自己拥有这个、拥有那个，这在天堂或地狱听来都同样可笑，所以必须让他们继续这样宣告下去。现代人之所以抗拒守贞，很大程度上是因为他们相信身体归自己"所有"。但身体其实是一笔巨大而又危险的财富，搏动着那股创造世界的能量，他们发现自己身在其中，却未经过他们同意；又从其中被驱逐出去，也非出于他们乐意。这就好像一个稚龄的皇子，因为父王的恩宠，让他在名义上统管某一大片辖区，实际上负责治理的则是一群睿智的臣辅，谁知这孩子却幻想自己真的拥有这些封邑、森林和农作物，就像他拥有育婴室地板上的积木一样。

我们让人执迷于所有权的概念，不仅出于骄傲，更是透过思想混淆。我们教导他们不去分辨所有格背后的不同意指，让他们无视"我的"这字词以"我的靴子""我的狗""我的仆人""我的妻子""我的父亲""我的主人""我的国家""我的神"出现时，其实存在着非常微妙的、不同层级的差异。我们可以教导人把"我的"背后的意指全都化约为与"我的靴子"同义。甚至可以教导托儿所里的幼儿，让他以为"我的浣熊"指的**不是**那个与自己关系亲密、向来珍惜的宝贝玩具（如果我们不够小心，这就是老贼头要他们认知的），而是"只要我高兴，就可以把它撕成碎片的熊熊"。在另一个极端，我们已经教会人说"我的神"，其所意味的却与"我的靴子"没什么两样，它意味着"那位我敢宣称自己曾出色地侍奉过的神，我从讲台上的教导充分利用了他的好处，用过之后就把他闲置在角落里"。

真是笑话一桩啊！当"我的"这个词意味着十足的拥有权时，是由不得人来说出的，也不能把它加诸任何事物之上。到末了，要么是我们在地下的父，要么是老贼头，将对每一个存在的事物，尤其是对每一个人，宣称说："这是我的。"不必害怕，人们最终将会发现，自己的时间、灵魂和身体真正属于谁；总之，不管结局如何，绝对不属于**他们自己**。目前，老贼头引经据典，基于万物是他创造的法理根据，倡言一事一物都是"我的"；我们在地下的父则希望在时间的尽头，基于"征服一切"这个更现实、更有活力的理由，最终能对万事万物说出："这是我的"。

你那咬文嚼字、心细如麻的叔叔

- 第22封信 -

亲爱的小蠹木：

　　唉哟喂！你那小子谈恋爱了——没想到竟爱上了最糟糕的类型——这妞儿甚至从未出现在你递上来的报告中。也许你乐于知道，我和秘密警察之间那件小小的误会已经冰释前嫌，一切雨过天晴了。我的某封信中若有些逾越尺度的言论，碍着你啦？你如果以为打小报告就能让你取代我的位置，你可就大错特错了。我会让你为这过分鲁莽的行径和其他的过失付出代价。随函附上一本小册子，刚刚出炉的，介绍新成立的"失职勾魂鬼使戒护所"，真是图文并茂、页页精彩啊，请参阅。

我去查阅了这妞儿的资料，不由大惊失色！她不仅仅是个基督徒，还是挺特别的那一型——卑贱、遮遮掩掩、常常莫名其妙地傻笑、惯用单音节的字、胆小如鼠、动不动就泪眼汪汪、自觉无足轻重（不缺她一个）、情窦未开的黄花闺女。总之，这小狐狸让人想吐。翻阅她的履历，每一页都臭不可闻、乌烟瘴气。我简直要疯掉了，这世界怎么了？变得愈来愈不像样。要是在以前，我们可以直接送她去斗兽场。她这种女人天生就该去那里。不过，就算上了斗兽场，她也派不上半点用处。这个小骗子是地道的双面夏娃（被我一眼看穿了），外表看来似乎一见到血就会晕倒，断气时嘴角还会含着微笑。其实，她一举手一投足全是假装的啦！装得好像奶油进了她的嘴都不会融化，其实讽刺人的本领高人一等，她竟敢拿**本尊**来开玩笑！这个龌龊、无趣、假正经的小妞儿就像其他交配期的母兽一样，随时想娇柔地投入那脓包小子的怀抱，为什么老贼头不对她发飙，反而笑眯眯地站在一旁瞻望？他不是将女人的贞操视作天大的事嘛！

骨子里老贼头是个享乐主义者。所有那些禁食、通宵祷告、火刑柱和十字架，全都是门面，或者说就像沙滩上的水沫。而在浩瀚的大海中，在他的汪洋里，其实到处满溢着快乐——无边无际的快乐。这不是什么秘密，至少他从来不把它当作秘密而刻意隐藏；他的那本宝鉴不是这样说的吗？——在他的右手中"有永远的福乐"。他和我们透过"悲惨大观"（Miserific Vision）所揭示的那超绝人寰、需要刻苦己身才能参透的奥秘根本沾不上边。他俗气透了，小蠹木，剖开他的心思，里面全是中产阶级的调调。他用各样的快乐充满他的世界，想想，人从早到晚做的许多事有哪一样犯了他的忌？睡觉、洗澡、吃饭、喝酒、做爱、游戏、祷告、工作，这里头的每一件事若不把它给"歪曲"一下，就不能为我方效命。说来残酷，我方是在极端不利的情势里争战的。没有什么是天生就属于我方的。（别以为这可以成为**你**失职的借口。等着吧！我马上就要处置你了。你这向来恨恶我的小鬼，什么时候吃了豹子胆，竟敢妄想骑到我的头上！）

当然，接着他就认识了这妞儿的家人和那整个圈子。你难道没有看出来？她居住的那栋房子可是特种禁区，这小子千万涉足不得。那整个地方弥漫着一股致命的气味，就说那园丁吧，虽然才待了五年，已经开始染上那味道。甚至客人，只逗留一个周末，离开时身上便带着同样的气息，连狗啊猫啊也都不例外。那整栋房子充满莫测高深的奥秘。可以确定的是（这涉及首要的法则），这家中的每一份子必然以某种方式从其他成员那里获得好处——不过，到底用什么方式，我们无从知悉。天机不可泄漏吧，像老贼头本人一样，他们各个谨守着这秘密，不让外人知道到底是什么在背后推动着这种虚矫的无私之爱。依我看，这整栋房子和花园简直污秽得不堪入目。它与一个人类作家对天堂的描述有着令人作呕的相似之处："这是个洋溢着生命的地方，生命之外别无他物，这里除了音乐就是静默。"

音乐和静默——这两者都是我深恶痛绝的！不过，谢天谢地！自从我们的父进入了地狱——尽管那是远古以前的事了，早在人类以光年都无法计量的亘古之初——这冥狱就空间而言没有一平方，就时间而言也无一刻钟，曾经臣服于这两股慢人的势力，一切乃是被**喧嚣**所充斥——闹哄哄的杂音、大规模的骚动、高分贝的喊话，鼓噪一切让人激昂的、霸道的、豪强的——只有喧嚣能够保护我们免于陷入愚昧的怨怼、令人沮丧的迟疑，以及无法达至的欲望。我们终将把整个宇宙化作一道激扬的噪音。以地球而论，我方已大有斩获。天堂的旋律和静默终将被咆哮淹没。不过，我承认，我们叫嚣得还不够响亮，还不成气候。我方的研究正在如火如荼地展开。同时，**你**这讨厌的小——

［此处手稿中断，由不同的笔迹续成。］

写着写着，我亢奋起来，发现无意中我容让自己变成了一只大蜈蚣，百足之虫，因此，以下只能由我的秘书依据我的口述誊抄下来。变形既然完成了，我便知道这是一种周期性的现象。关于这现象的谣言也已传播到人间，有一则因扭曲而变调的叙述，出现在弥尔顿的著作里，他还增添了一项可笑的说明，指称这人兽之间的蜕变是老贼头加诸我们身上的"惩罚"。另一位比较现代一点的作家——名字叫萧什么来着——竟然掌握到真相，说变形是从内在开始的，是生命原力煌煌然的展现。除了他自己之外，我们在地下的父就崇拜这个。以我目前这模样，我更焦灼地想要见你，想用一个难分难解的拥抱，纳你入怀，和我合为一体。

蛤蟆大鼓吹代笔
魔界总书记大蜈头口述

106

- 第23封信 -

亲爱的小蠹木：

你那小子透过这个小妞儿和她那令人作呕的一家子，眼前所结交的基督徒不但愈来愈多，而且全都是头脑灵光的。看来得花相当长的一段时间，才能够把他生命中的灵性**铲除**殆尽。好吧！那就走着瞧；我们一定要把他的灵性给**毁**了。你不是常常耍酷，练习如何使自己看起来就像是光明天使吗？眼前就是当着老贼头的面好好施展身手的机会了。就算这个俗世和凡人使我们失望，还有第三种权势存在。而这第三种权势的胜利乃是我方至高无上的光荣。败坏的圣徒、法利

107

赛人、宗教裁判官或者术士，相比平庸无奇的暴君或者酒色之徒，更能让我们的地狱岁月生色不少。

本尊在观察过这小子的新朋友后，发现最好的攻击点当属神学与政治之间的那条界线。这小子有几个新朋友十分热衷于探讨自己所信仰的宗教有何社会意义。就这件事情本身来说，并不是什么好现象；然而，还是有可资利用之处。

有不少基督徒政论家一致认为，基督教很早之前就开始走偏了，并且远离创始者的教义。如今，这种观念已经被我们重新用来鼓吹所谓"历史上的耶稣"这个概念，也就是把后人"添加和窜改"的部分排除掉，然后再将之拿来和整个基督教传统加以对照。我们曾经在上一代人那里，利用自由主义和人道主义的阵线，开始建构这种"历史上的耶稣"的概念；现在我们则是利用唯物论、灾变论和革命论继续鼓吹一种新的"历史上的耶稣"。这种我们每三十年左右就要转变一次的建构有很多好处。首先，这些建构的目标都是诱导那些凡夫俗子费尽心力去捕风捉影，因为每个"历史上的耶稣"都不全然合乎历史事实。史料一旦记载，即不容增添和虚构；因此每一种关于"历史上的耶稣"的最新说法，都必然忽略某些史实而夸大另一些史实，于是借着这种于己无损的猜测（我们教给那些凡人以**大胆**来形容这种做法），在各个出版商的新书目录上就出现许多关于拿破仑、莎士比亚以及斯威夫特的翻案著作。其次，所有这些学派都把自己所认定的"历史上的耶稣"及其重要性建立在耶稣理当赞成的某个特殊理论之上。他必须符合现代人理想中的"伟人"标准——就像一台销售万灵丹的贩卖机——安置在某些乖谬且涣散的思路尽头。我们就是如此这般使那些俗人不再注意他是谁以及他做了什么。我们首先要做的是让他变成不过就是一位大师，并且把他和别的道德大师之间共通的教导隐藏起来。对俗人来说，我们绝对不能让他们发现，其实所有道德大师都是老贼头派来的，不只是要教导他们，更是要提醒他们，一再叮咛他们最根本的道德法则，以免被我们继续隐藏下去。我们兴起诡辩学派，他就兴起苏格拉底来驳正。我们的第三个目标，就是利用这些机制瓦解他们的信仰生活。对于俗人借着祷告和圣礼而与之同在的老贼头，我们就用一位似乎存在又遥不可及、模糊陌生又粗鲁无比的古人取而代之。事实上这样的他已无法成为敬拜的对象了。于是受造物所崇拜的造物主不复存在，转而变成仅仅是某个特定团体推崇的领袖，最后又变成由历史学家肯定的卓越人物。第四呢，除了主张耶稣不是历史人物，同时也认定就某方面而言，这类信仰也与史实不符。其实，针对耶稣生平所做的如其所是的历史研究，未曾使任何国家投奔敌营，连被说服的个人都少得可怜。的确，人类手边确实没有足够的史料能对耶稣生平作完整的研究。最早投奔敌营的那些俗人都是由于一件史实（复活），以及一个神学道理（救赎），在他们那些已经有所觉察的罪上所起的作用，而当时所谓的罪并不是由于冒犯了某个"大师"自创的那种崭新的花哨律法，而是冒犯了由他们的乳母和母亲教给他们的那些老套而又陈腐的普遍道德法则。稍后才落笔成册的"福音书"，其目的并不是要劝人投奔老贼头成为基督徒，而是要教导那些已经投奔敌营的基督徒。

因此，所谓"历史上的耶稣"运动尽管在某些方面会对我方不利，依然要大加鼓吹。对于基督信仰和政治间的关联，我们的立场就得谨慎些。我们当然不愿见到人类把自己的基督信仰带进政治生活，从而打造出一个真正公义的社会，那将是一场大灾难。另一方面，我们还真希望人类把基督教看成一种手段；当然啦，最好是把基督教当作牟利的工具，要不然就是把它当作达成任何目标（甚至包括社会公义）的手段。我们要做的是，首先让人重视社会公义，认为这是老贼头的命令，然后一步步地下手，使他们高举基督教，纯粹是因为基督教可以带来社会公义。老贼头可不是省油的灯，不会让人把他当作一种方便的工具。那些想要利用信仰的复兴来促进社会公义的人或国家，简直就是把去天堂的阶梯当作去附近一家药店的捷径，头痛医头、脚痛医脚。幸好那些人很好糊弄。我今天才读到，有个基督徒作家提到，他之所以提倡经过自己改造的基督教，正是因为"唯有这样的信仰，才能比已死的旧文化以及新兴的文明更经得起时间的考验"。你看得出里面的破绽吗？"不是因为它是真实的，所以相信它，而是为了某个其他理由。"其中的奥妙你自己去玩味吧！

你那天天花样翻新的叔叔

- 第24封信 -

亲爱的小蠹木：

我和专门负责对付你宿主那位意中人的狗蛋通信好一阵子了，也开始看出那妞儿信仰上的破绽，这是她和大多数在信仰明确的知识圈里长大的那群妞儿共有的小缺点；就是未经思索便认为，所有跟她们信仰不同的圈外人都是愚蠢可笑的。但是，那圈子里常和圈外人打交道的男士们并不这么认为；如果他们自负的话，那也是种截然不同的自负。这些妞儿自认为她们的看法源于信仰，其实只不过是受惠于环境的影响罢了。这和她十来岁时认为只有自己家里的餐刀才是正宗的、标准的，或者只有她家那种餐刀才是"真正的"餐刀，而邻居家用的餐刀都"不是真正的餐刀"如出一辙。目前看来，其中无知与天真的成分居多，远远大过属灵骄傲，所以，对这妞儿下什么功夫似乎都没辙。但是，你有没有想过，这可是个用来颠覆你那小子的大好机会？

只有新手才会装模作样。那些在社会上混得有头有脸的人深谙矜持的艺术；喜欢卖弄学识的全是年轻的学者。你那小子在这个新环境里面，只能算是个新人。他现在每天看到的都是前所未见的，属灵的基督徒生活，并且由于在热恋中，眼前所见一切都觉得很美好。他现在正渴望要模仿这种基督徒生活（而老贼头也确实希望他这么做）。你是否有把握让他去模仿自己意中人的这种**小缺点**，并把它从微不足道的小罪，发扬光大到变成他身上最顽强、最美妙的罪——属灵骄傲？

眼前的形势看来似乎一片光明。这小子之所以会受引诱，对自己现在所处的圈子感到自豪，不单单只是因为基督信仰的缘故，更由于这个圈子的教育水准、知识水平和气氛格调等方面，比起他以前那些狐朋狗友要高级多了。同时，他也高估了自己在这圈子里的地位。在"爱情"的催化下，他目前也许还认为自己配不上那妞儿，但是他很快就会感觉自己并不比别人差。他一点也不知道那些人是因为仁慈，并且把他看成是自家人，才这样百般地容忍他。他也丝毫不知道，其实他们都心知肚明，他的一言一行只不过是东施效颦，在模仿那些人而已。当然他更不知道，自己之所以会如此被这些人所吸引，是因为那妞儿的魅力使然。他认为自己之所以能跟他们打成一片，是因为彼此灵性相近相吸。其实，他们的属灵程度远远在他之上，若不是因为在热恋之中，他对眼前的一切只会觉得惶惑不解，避之唯恐不及。这就像是一只跟班的猎狗，因为生性善猎，同时也崇拜自己的主人，在享受了一整天的狩猎乐趣之后，便幻想自己也一样精通各式猎枪了！

这可是个下手的好机会。正当老贼头利用男女之爱以及一些殷勤服侍他的人，费了九牛二虎之力才把那个小乡巴佬提升到他自己无法达到的高度时，你一定要让他觉得这一高度才是他自己**真正的水平**——这些人都是他的"同类"，在他们中间，他感到自己就像回到家一样自在。只要离开他们参加其他团体，他就会感到很烦闷；部分原因在于，相较之下，他所接触的其他团体确实没那么有趣，但主要还是因为他思念那妞儿的缘故。你一定要让他误以为基督徒与非基督徒之间的差别，就在于前者令人愉悦而后者让人感到无聊。一定要使他觉得（最好只藏在心里而不说出来）"我们基督徒确实与

114

众不同"；并且要他不知不觉地把"我们基督徒"定义为"我们这伙基督徒"；而所谓"我们这伙"的意思，并不是"那些出于仁爱和谦卑而接纳我的人"，反而是"我本来就属于的那一群人"。

成功的关键就在于使他晕头转向。如果你想要他公然为自己的基督徒身份而自豪，那么你多半会失败；老贼头对此谆谆告诫，已经是众所周知。另一方面，你若完全丢开"我们基督徒"这一观念，而使他自满于"我们这伙基督徒"，那么就无法使他产生属灵骄傲，充其量不过是社交虚荣心罢了，相较之下，这只不过是个无足轻重的小罪。高招在于巧妙地使他对自己沾沾自喜，却不让他反省"我到底凭什么自鸣得意"。对他来说，能够归入核心团体的确感觉很好。我们就要乘机投其所好，利用这笨妞儿最愚昧的时刻对他的影响，教导他对非基督徒的看法装出一副深知个中三昧的表情。他在当代基督徒圈子里所接触的一些理论在这里会派上用场；那些理论把社会的希望寄托在少数受过训练的核心"神职人员"身上。这些理论对错与否你无须过问；最要紧的就是使基督教成为一种神秘的宗教，而这小子又以为自己初登堂奥。

拜托你信里面不要再胡扯些关于欧战的狗屁话。当然，这场战争的结局如何有其重要性，但那是最高当局

115

的事。我一点也不在乎到底有多少英国人被炸死了。我可以从此地的办公室得知他们死时心里想的是什么。我也早就知道他们终究都不免一死。请专心做你分内的事。

你那迷恋正统核心的叔叔

- 第25封信 -

亲爱的小蠹木：

　　你那小子所朝夕相处的那伙人的真正麻烦在于，他们是个**纯粹的**基督徒团伙。即使他们每个人都各有所好，但是彼此间还是单纯地以基督信仰为连结纽带。而我们要的是，人若真成为基督徒，就要让他们保持一种我称之为"基督教再加上……"的心态。你也听过的，诸如"基督教与危机""基督教与新派心理学""基督教与新秩序""基督教与信心医治""基督教与灵媒研究""基督教与素食主义""基督教与简化英语拼写运动"等等。如果他们非要作基督徒，至少要让他们作颇有特色的基督徒，使信仰本身被某种带有基督教味道的时髦玩艺儿所取代。要在他们**喜新厌旧**的心理上下功大。

喜新厌旧所产生的厌恶感，是我们在人类心灵里制造出来的最宝贵的情绪——它可以引发宗教异端、政见短视、婚姻不忠和友谊背叛。人类存在于时间之中，所以他们对现实的认识是线性的。因此，为了进一步了解现实，他们必须经验各种不同的事物；换句话说，他们必须经历变化。既然他们需要变化，骨子里作为享乐主义者的老贼头就使变化能愉悦人心，就像他使得饮食成为乐事一样。然而他也不希望他们以变化本身为目的，正如他不希望饮食成为目标一样，他又使人心向往恒定，而能与变化相调和。他想要在自己所创造的世界里面，借着变化与恒定的结合，也就是所谓"节奏"，使得这两种渴求都能得到满足。他赐给人类四季，每个季节各不相同，但是每年都会有同样的四季，所以每年春季都像崭新的季节，却又有似曾相识的感觉。他也赐给他的教会属灵的年历，基督徒会从斋戒期转变到节庆期，而同时每年的节庆宴饮仍能恒常不变。

正如我们特别挑出饮食之乐，使它变本加厉成为贪食；我们现在也造成了这种对变化的喜好，并把它扭曲为一种彻底求新的追逐。我们全力以赴要达到的目标，就是造成这股追新的狂潮。要是你我玩忽职守，这些人不但会从**今年**元月的初雪、**今晨**的日出、**今年**圣诞节的梅子布丁里体会到新旧交织的满足感，甚至还会陶醉其中。除非我们调教好那些顽童，否则他们就会满足于周而复始的各样游戏，打完陀螺后接着就是跳房子，就好像是秋天紧跟着夏天一样规律。只有靠着我们的不懈努力，才能使得那种追求新奇的心态历久不衰。

这种欲求对我们的工作好处多多。首先就是它会不断提升欲望，却使满足感降低。新奇感带来的乐趣，最容易受制于"收益递减律"的影响。而且持续追逐新奇事物会耗费大量钱财，对新奇的渴望最终会导致贪婪或坐困愁城，甚至两者兼具。其次，愈是对新奇贪得无厌，就愈容易使人把老贼头为他们预备好的纯真乐趣抛诸脑后，转而拥抱老贼头禁止的那些事物。举例来说，近来因为我们成功地激起人们喜新厌旧的情结，于是各种艺术对我们的威胁相比以往降低了许多，这或许该归因于不论是所谓"通俗风"或者"学院派"的艺术家，都沉溺在追新竞奇中，乃至于沦入无节制的色欲、缺乏理性、冷酷以及骄傲。最后，再提醒你一下，若要制造流行和时尚的风潮，追新猎奇的欲望尤其不可或缺。

让人在思想上追随流行的目的，就是要让他们忽略真正的危险。我们要诱导每个世代对那些细枝末节的小罪大加挞伐,同时鼓励他们提倡不着边际的善行,好替我方所要大肆推广的恶行铺路。我们的目的就是要在洪水泛滥的时候,让他们拿着灭火器到处乱跑,或者在船快要沉没的时候,让所有人拼命挤到倾斜的那一侧去。因此,当所有人开始变得世故和冷漠的时候,我们就使大众争相警告,过度感性带来的狂热正在危害社会。一百年后,等我们使所有人都沉溺在浪漫激情中,就要把最新潮的呼声导向反对纯粹"知性"这一论调上。让冷酷的世代抗议真情实感,颓废与怠惰的世代抗议自尊自重,欲望横流的世代抗议清教徒的洁身自好;无论什么时候,只要所有人都自甘受制于人或者挟制他人,我们就要把自由主义变成头号公敌。

然而,我们最大的胜利,还是把对喜新厌旧的反感提升到哲学的层次,这样一来,智性上的愚蠢可以强化意志上的败坏。这些该归功于弥漫在现代欧洲思潮中的进化论或者进步史观(部分是我们的杰作)。老贼头喜欢陈腔滥调,就我所知,他一心想要每个人在做任何事以前,先问几个简单的问题:"这样做合乎公义吗?""这样做妥当吗?""这样做可行吗?"现在,如果我们能使人自问:"这样跟不跟得上潮流?""这样是创新还是保守?""这样合乎时势所趋吗?"那么他们就会忽略真正重要的问题了。当然,他们问的这些问题都是无解

120

的；因为他们无法预知未来，而未来的发展却大多取决于他们现在的抉择，只是他们反倒想召唤未来，以便帮助自己作出抉择。结果就是，一旦他们的脑袋变成这种真空状态，你我就可以趁虚而入，诱导他们朝**我们**决定的方向前进。目前，我方成绩斐然。以往他们还知道分辨哪些改变有益，哪些改变有害，哪些改变其实无关紧要；如今他们几乎已经毫无分辨能力。我们成功地用情绪化的形容词"呆滞的"取代了描述性的形容词"不变的"。我们调教他们把未来想象成只有少数英雄才能进入的应许之地——而不是每个凡夫俗子只要按部就班，无论阿猫阿狗，都能够抵达的寻常之地。

你那追新族的祖师爷叔叔

大榔头

- 第26封信 -

亲爱的小蠹木：

没错，约会期是播种的好时节，这些种子会在十年后使小两口反目成仇。人的欲望未能满足所引发的迷恋，会让人误认为是爱心作祟。要善用"爱"这个朦胧的字眼：让他们以为可以用爱解决一切难题，而实际上只不过是在吸引力的作用下，暂时回避或拖延这些问题而已。只要这种情形继续下去，你就有机会在暗中添油加醋，并且使问题成为沉疴绝症。

最令人叹为观止的问题就是所谓的"无私"。再次提醒你，我们的"语文学部门"

战果辉煌，用消极的"无私"取代了老贼头所提倡的积极的"博爱"。拜此战术之赐，你一开始就可以灌输给那些人，让他们以为之所以要放弃一些权益，不是要让其他人得到益处，而是为了自己达到"无私"的境界。如此一来，我们就可以大有斩获。另一个能够在男女间发挥功效的利器，莫过于我们所制造出来的两性间对无私的不同理解。女人大抵以为所谓"无私"就是分担别人的困难；而对男人来说，不给别人添麻烦才是无私。于是，一个热心服侍老贼头的女人，会在很多事情上讨人嫌，除了完全受我们在地下的父支配的那种男人之外，其他任何男人都不会像她那样多管闲事。反过来说，除非一个男人在老贼头的阵营住得足够久，否则无法像普通女人平日可能做的那样，积极主动去做取悦别人的事。因此，当女人想要尽力帮助他人，而男人以尊重他人的权利为念，男人和女人就都会认为对方相当自私，这并非没有道理。

现在，你可以在这些乱象之外，再添几个乱子。陷于热恋中的男女都愿意体贴对方，也就是**真心**乐意委屈自己迎合对方。他们也知道，要做到老贼头所要求的仁爱，也会有同样的表现。你一定要设法使这种相互的自我牺牲成为他们婚姻生活的律法，目前他们还在热恋中，所以轻易就做到了，一旦恋情渐趋平淡，恐怕就没有足够的爱心继续牺牲下去了。由于他们错把恋爱当成仁爱，又以为可以维持激情于不坠，所以对其中隐藏的危险毫无警惕。

一旦他们把一种义正词严、合乎律法或冠冕堂皇的无私确立为一种规矩之后，若他们遵守这条规矩的高昂热情已经冷却，同时属灵状况也还不够成熟，那么好戏就要连番上场了。每当商量二人共同的活动时，甲总觉得有义务抑制自己的想法，优先考虑自己所推想出的乙的意愿，但是乙所做的却正好相反。其实，通常双方很难明白彼此真正的心意；运气好些的话，他们最终会决定做些二人都不太情愿做的事情，但是彼此都会觉得自己已经仁至义尽，而且私底下希望对方对自己的无私给予体己的回报，同时也会埋怨对方这么轻易就接受自己的退让。接下来，所谓的"肚量锦标赛"就上场了。参赛的人数最好在二人以上，例如一对夫妻与他们的成年子女。有人提议做一件微不足道的小事，例如去花园里喝茶。家中会有成员清楚表明（未必像这里说那么多的话）自己实在没兴趣，但是出于"无私"愿意配合大家。其他的人立即就会同样以"无私"为托词，打消原来的提议，其实是不愿意让自己像呆头鹅一样，被先开口的人利用来表彰他舍己为人的精神。但他又不甘心任由自己的无私奉献落空。他坚持要成全"其他人的心愿";他们则坚持要成全"他的心愿"。于是情绪渐渐升高。过不了多久,就会有人说:"既然这样,那就算了!我不去喝茶了。"紧接着,就会有一方爆发出一场让彼此都火冒三丈的争执。看出其中的蹊跷没?如果每个人都坦白说出自己真正的意愿,大家就会一直保持自己的理性与风度;然而,由于情形正好相反,双方都是在替对方说话,所有一切的苦毒其实都导因于受挫的自以为义与顽固,以及过去十年来所累积的怨恨,而这些怨恨一直都隐藏在所谓"无私精神"的后面,因此彼此毫无察觉。的确,每一方都深知对方所表现出的无私很肤浅,同时也知道对方想置自己于不义;但是双方都感觉自己很无辜、很委屈,其中的虚伪矫饰,就人的本性来说,其实再自然不过。

一个有识之士曾经说过:"如果大家都了解无私会制造出多少敌意,牧者们就不会在讲台上大力鼓吹无私了。"又说:"她是那种为别人而活的女人——只要看看有谁面露无处可逃的窘态,就知道她是为谁而活了。"这毛病早在男女约会的时候,就可以让它开始酝酿。长远来说,你那小子一点点**真正的**私心,在夺取他的灵魂上还真发挥不了什么大用,反倒不如让他一开始就对无私有所费心与自觉,说不定有一天就会发展出我前面描述的那出好戏。某种程度的相互隐瞒早就可以预先暗渡陈仓到小两口之间，等到有一天，让他讶异地发现这小妞儿竟对自己无私的付出毫无所觉。要善用这些人性的瑕疵，最重要的是，不可以让这两个小傻瓜有任何警觉。若是他们起了疑心，就会慢慢发现，光靠"爱情"是不够的，还需要那有待培养的仁慈之心，这是任何外在的律法都无法取代的。希望狗蛋真能够想出个好办法，去戳破那妞儿自命清高、附庸风雅的烂习性。

你最最大公无私的叔叔

大郡夫

- 第27封信 -

亲爱的小蠹木：

　　你目前的工作似乎没有什么进展。当然，利用"爱情"使他分心，不再定睛注视老贼头，显然是不错的招数，但是你又说这小子现在的祷告，主要是为他自己的注意力不集中和分心走神，祈求老贼头的保守，这可就显出你有多么差劲，也就是说，你差不多搞砸了这件事。一旦他察觉到自己往岔路走的时候，你就应该鼓励他凭自己的意志把这件事撤在一旁，继续日常的祷告，仿佛一切如常；只要他认真面对分心这回事，并且把**它**交托在老贼头面前，还在祷告和其他操

127

练中以此为念，那你可就真是成事不足败事有余了。任何会使这小子更亲近老贼头的事情，即使是罪，不管其间经历多少曲折，到最后都是对我方有害的。

最高的指导原则就是：既然他目前正在热恋，他的脑海中会浮现出一种**现世的**幸福观；也因此会在他为欧战和其他事情的祈祷中，注入一股迫切感。现在正是时机，挑动他的理性对这些祷告加以质疑。我们不可错失任何助长假虔诚的机会。利用所谓"真正的祷告就在于赞美神亲近神"这种冠冕堂皇的话为掩护，我们能够轻易地引诱人类，叫他们违背老贼头（以他那一贯的单调乏味、无聊之极的口气）明确地嘱咐他们要为每天的饮食和病人痊愈祷告的教训。当然，你不能让他知道，就"属灵观点"看来，为每天的饮食祷告，其实也和其他的祷告同样不可或缺。

但是你那宿主已经感染了可怕的积习"顺服"，不管你用什么方法，恐怕都改不了他这种"坦诚相告"的祷告。不过，你还是可以使他心里对这样的祷告是否荒谬，或者会不会得到什么结果，感到惶恐不已。千万别忘了"正面我赢，反面你输"这种大小通吃的论证。如果他所祈求的事情没有成就，那就为祷告无效又加添一个明证；要是真的如其所愿成就了，就让他将之归功于自然法则的因果关系，认为"该发生的总会发生"，于是就把原本应该是印证祷告的证明，曲解成了否定祷告效用的反证。

身为灵体的你，确实很难理解为什么人类的思想会这么错乱。但是你务必要记住，人类都把时间看为最终实体。他以为老贼头也和他自己一样，要面对现在，回忆过去，期待未来；即使他知道老贼头不是用同样的角度看万物，但是他心里依然认定这就是老贼头理解事物的方式——他并不真的认为（虽然口里这么说）老贼头一眼就能看出万物原本的样子！如果你向这小子解释说，老贼头在通盘考虑明天气候的时候，也会顾及他们今天的祷告，他的回应会是：既然老贼头已经预知人类会做这些祷告，那么他们的祷告就不是出于自由意志，而是预先设定好这样祷告。此外，他还会说，任何一天的天气，本因都可以追溯到创世之初——因此，所有一切的存在，不论是人类还是万物，"打从起初"都已经确定下来了。当然对我们来说，他话中的意思显然就是：在他受限于时间的认知模式中，某日的天气会因应某个祷告而改变的问题，只是个表象。背后更深的含义涉及整个属灵世界如何因应整个物质世界的问题；而就整体而言，创造发生在所有的时间与空间之中；或者说，人类的意识状态迫使他们不得不把完整一致的创造行动看为一系列的连续事件。问题的核心在于**为什么创**

造的行动留给他们发挥自由意志的空间？这是一个秘密，藏在老贼头对"爱"之谬论背后。这一切是**怎么**运作的根本无关紧要；因为老贼头并不是**预见**人类的自由抉择对未来有何贡献，而是在他无限的"当下"就**看见**了他们的决定。显然，观看某人做某件事情，并不等于强迫他去做那件事情。

已经有些爱管闲事的人类作家把这个秘密揭穿了，尤其是波爱修斯[1]。不过，放眼经过我们努力经营终于酿造出来的西欧学风，你大可不必忧心忡忡。现在只有少数学究还会读古书，而我们也已对他们下过功夫，使他们无法从古书中获得任何启迪。我们的秘诀就是给他们灌输"历史观点"。简单地说，所谓"历史观点"的意思就是，学究在研究古代著作的时候，绝对不会问其中所说的是不是真实的。他想要知道的是，这位古代作者受到谁的影响、作者在该书中的观点和作者在其他书中的说法是否一致、书中所叙述的阐明了作者正处于自己成长史或者整个思想史的哪一阶段、该书对后来的作家有何影响、后人（尤其是自己的学院同侪）是否对该书有误解、过去十年对该书的评论走向大致如何、"当前

---

1. 波爱修斯（Boethius，480—524）：古罗马哲学家，代表作《哲学的慰藉》。
　　——译者注

主要论点"又是什么。任何想要从古代著作中撷取真知灼见的念头——也就是认为任何古人所言可能会使自己的思想或行为发生改变的想法——都会被人讥笑为不可救药的愚蠢。既然我们无法在所有的时候欺瞒人类，那么最好的做法就是切断每个世代之间的联系。容许每个世代间任意交流所带来的危机就是，一个世代的错误有可能被另一个世代发掘到的真理所纠正。所幸，感谢我们在地下的父，也要感谢"历史观点"，现在的鸿儒硕学都已经不再以古为鉴，而和那些最无知的机修工一样，认为"历史是一派胡言"[1]。

你那喜欢制造思想短路的叔叔

（签名）

---

1. 此处并非歧视蓝领工人，而是在影射 1916 年美国汽车大亨福特（Henry Ford）接受报纸采访时所说的："历史是一派胡言。"

- 第28封信 -

亲爱的小蠹木：

我之所以在信里告诫你不要老提欧战，意思当然是不想读到你那些描写死尸遍野和残垣断壁的幼稚文字。只要这场战争关系到这小子的属灵状态，我当然想看到你详尽的报告。然而，你似乎脑筋转不过来，所以才会兴高采烈地告诉我，这小子所住的城市很可能遭到大规模空袭。我早就抱怨过，你只顾着对人类痛苦幸灾乐祸，却把自己的真正目标抛在了脑后。难道你不知道炸弹会炸死人吗？难道你不知道我们目前最不希望发生的就是看到这小子送命？他已经逃离了那帮你想用来引诱他的狐朋狗友；他现在正和一个十足的女基督徒谈恋爱，所以一时之间会对你的色诱毫无所动；并且到目前为止，我们为了败坏他属灵生命所用的各种攻击全都一败涂地。就眼前的情况看来，战争的冲击愈来愈大，而他脑海中对世俗的期待开始退居次要地位，所思所念都是防御工事以及那妞儿的身影，战局使得他对邻舍的关爱远超过他以往所为，并且还有超乎他自己意料之外的真诚，简直就是人类所说的"浑然忘我"，甚至对老贼头的信靠也与日俱增，要是他今晚就丢了小命，对我们来说这一票就算输定了。这实在太浅显了，我连写这些都感到丢脸。我有时觉得你们这帮小鬼头是不是出勤务太久，对被指派引诱的人类生出感情了？也不免怀疑，你们迟早会被人类的情感和价值观给污染了。当然，人类的确倾向于把死亡视为头号罪恶，而把生存视为无上美好。不过，这是因为我们教导有方，他们才会有这种想法。你可不要被我们自己的宣传手段给玩弄了。我知道你会觉得奇怪，现阶段我们的主要目标，居然与这小子的恋人以及他母亲的祷告完全一致，就是要他身体平安。然而实情就是如此；你要保护他就像保护自己眼中的瞳仁。要是他现在就死了，你也就掳不到他了。如果他能捱过这场战争，那就还有希望。老贼头已经保护他安然度过你的第一波诱惑。但是，只要他还活在世上，你就仍有机会诱惑他。中年时期那冗长、乏味又单调的岁月，或者所谓中年危机，无论富足还是困顿，都是你绝佳的下手时机。要知道，那些受造之物一点也经不起考验。日常的各种逆境、逐渐凋零的青春爱情与抱负、因为无力抵挡我们一波又一波层出不穷的诱惑而感到的绝望（甚至已经不再感觉是一种痛苦了）、对生命所感受到的百无聊赖，以及因为我们的怂恿而对这些窘境产生无言的忿怒——这一切都为我们消磨他们的灵魂提供了绝佳的良机。另一方面，如果这小子的中年生活相当顺遂，那么我们就会更占上风。一帆风顺足以使人更加与世界紧密结合，他因此会觉得自己"适得其所"，其实是世界钻进了他的心窍。他水涨船高的声望、逐渐扩大的交际圈、自重的感觉、与日俱增的各种工作，使他甘之如饴，在这个世界如鱼得水，而这正是我们最期待的结果。你渐渐会发现，相比年轻人，中年人和老年人更加贪生怕死。

其实，在老贼头执意要把这些俗物引进他永恒的世界后，他就很有效地保护他们，让他们不再把其他地方当作安身立命的归宿。这就是为什么我们必须要让这小子长寿的原因；为了斩断他的灵魂和天堂之间的联系，使它和俗世紧密相连，就这项艰巨的任务来说，七十年实在不算长。我发现年轻人很难驾驭。即使我们费尽心思不让他们接触宗教信仰，但是幻想、音乐、诗词所泛起的阵阵涟漪——女孩的脸庞、小鸟的歌声或者一瞥地平线的景观——常常瞬间就坏了我们的通盘计划。他们**将**不再按部就班地追求上进，小心择友，或者安分守己。他们醉心于追寻天堂，所以在这个阶段，使他们依恋俗世的上上之策，就是使他们相信借着政治、优生学、"科学"、心理学或其他什么东西，总有一天可以把这个世界改造成天堂。真正的世俗化是需要时间来经营的，当然也需要傲慢相助，因为我们教会了他们把怕死等同于识时务、成熟或经验丰富。就我们所灌输给他们的认知而言，**经验**是一个非常好用的字眼。一位伟大的哲学家曾说，在德性上，"经验是错觉之母"，这种说法差一点拆穿我们的底牌；所幸当时的风潮及时转向，而历史观点也风行起来，才解除了他的著作可能引起的危机。

从老贼头只给我们片刻的机会这事实，就可以知道光阴有多宝贵。大多数人在婴儿时期就死亡了；活下来的人，也多半在壮年就辞世了。显然，对老贼头来说，人类出生之所以重要，主要是因为凡人会死，而死亡是通往另一种生命的大门。我们只能够对少数人下功夫，因为对人类来说，所谓"正常寿命"其实是一种例外。显然，老贼头只希望有些人——仅仅是极少数的人——

能够有机会与他同住天堂，他赐给他们六七十年的人间岁月，让他们经验到抵挡我们的滋味。这就是我们万不可失的良机。机会愈少，我们就愈要善加利用。不管你用何手段，都要尽力使你那小子的身家性命安稳无虞。

你那珍惜俗世生命经验的叔叔

大蝴头

- 第29封信 -

亲爱的小蠹木：

　　就眼前的情况来说，那些德国人轰炸你那小子的家乡已成定局，由于职责所在，他势必会身陷险境，所以我们得好好考虑应对策略。下一步是该让他吓破胆呢，还是要激发他义薄云天的气概，让他引为自豪？或是使他对德国佬深恶痛绝？

　　我看啊，使他豪气干云是行不通的。我们的研究部门到目前为止还没有研发出催生**任何**品格的秘方（虽然大家都心急如焚）。这确实是我方的一大缺陷。凡大奸大恶之人都必具备某种品格。匈奴王阿提拉（Attila）

若非勇往直前，能打下那么一大片江山吗？吝啬鬼夏洛克若不克苦己身，能积攒那么多财富吗？但是光凭我们自己是无法制造出这些品德的，我们只能利用老贼头的创造——这就意味着要在本可以成为我们瓮中之鳖的那些人身上，还得给老贼头留一点余地。虽然这样的安排非常差劲，不过我相信总有一天我们会得心应手，全盘掌控。

对于仇恨我们倒是很在行的。人类紧绷的神经在嘈杂、危急以及疲累的情况下，最容易产生暴戾的情绪，因此我们只需要推波助澜就行了。如果他的良心还有所顾忌，那么就糊弄他的脑筋。让他想办法自圆其说，推托自己的仇恨不是为了自己，而是为了那些无辜的妇孺，而且基督徒被教导要饶恕的是自己的敌人，而非别人的敌人。换句话说，要使他自以为充分认同那些妇孺，因此能感受到他们的恨意，但是还**不**至于认同到把他们的敌人视为自己的敌人，所以没有饶恕这些人的必要。

不过，恐惧与仇恨相结合最是相得益彰。在所有的恶中，怯懦最会使人陷于痛苦之中——不敢期待未来，不敢感知现在，不敢回忆过去；仇恨却会带给人快感。因此，受到惊吓的人往往会用仇恨**补偿**恐惧带给他的愁苦。他心中的恐惧愈大，仇恨也就愈深。同时，仇恨也能有效地减轻羞耻感。如果你想要重创一个人的仁爱之心，就得先把他的勇气挫败殆尽。

这可需要大费周章了。我们已经使人类为自己的大多数的罪深以为傲，只有懦弱是个例外。每当我们即将大功告成的时候，老贼头就会允许一场战争或地震发生，要么就是些其他的灾难，于是，即使在人类的眼中，勇气的身价也立即水涨船高，使得我们所有的努力都付诸东流，所以，现在至少对一种罪，人类还是真心感到羞耻的，就是懦弱。因此，倘若我们让这小子变得懦弱，随之而来的难题在于，懦弱会使他产生真正的自我认识，进而自我厌弃，最终导致他的悔改与谦卑。其实，在上一次大战期间，成千上万的人都发现了自己的怯懦，因而也首次发现整个道德世界。在平时，我们能够使许多人对善恶之辨全然视若无睹；不过，一旦处于危险之中，周遭的状况会使得他们不得不面对这问题，让我们无计可施。在这里，我们遇到了残酷的两难问题。如果我们在人间鼓吹公义仁爱，简直就是对老贼头俯首称臣；如果怂恿人倒行逆施，那么迟早会有一场战争或革命兴起（此乃老贼头的一贯伎俩），而胆怯与勇气这些无法回避的议题就会趁势浮上台面，使得成千上万的凡夫俗子从道德麻木中觉醒过来。

的确，也许这就是老贼头把这个世界（一个无法逃避道德抉择的世界）创造得危险丛生的动机之一。和你一样，他也清楚地知道，勇气不只是一种品德，而是所有品德的试金石，也就是每种品德的最高境界。任何屈服于危险的仁爱、诚实、恩慈，都只是有条件的仁爱、诚实、恩慈。彼拉多也曾经对耶稣心存怜悯，直到他觉得代价太大。

因此，我们若把你那小子变成一个懦夫，说不准只是得失参半；因为他也许会真正看清自己的本相！当然，我们还是有胜算的，不过呢，不是要麻木他的羞耻感，反倒是要增加他的羞耻感，使他心生绝望而万念俱灰。这样一来，我们就可以高奏凯歌了。他会认为，自己之所以相信并接受老贼头会赦免自己其余的罪，是因为他自己还没意识到那些罪到底有多严重——而对自己内心深处引以为耻的那个罪，他无法寻求宽恕，也不相信自己可以得到宽恕。不过我担心你已经让他彻底了解老贼头的心意，因此他知道比起那些使他绝望的罪，绝望本身是更严重的罪。

至于使人怯懦的技巧，我毋须在此细述。要点就是，事先预警可以加大恐惧。然而，你那小子在大庭广众之下接受的预警，不用多久就变成例行公事，效果也会大打折扣。你所该做的是使他在脑海里不断地盘算：为了使自己安心，到底在自己的责任范围内（同时别忘了唤起他尽责的意识），哪些事情是该做的，又有哪些不该做。务必使他的心思远离简单的法则（"我要坚守岗位，负责到底"），转而产生一连串的假想（"如果自己讨厌的状况 A 发生了，那么还可以退到 B，一旦事情不可收拾，还有退路 C"）。只要他不自知，我们就可以误导他的思想。重点在于让这小子以为除了老贼头和他所赐的勇气之外，自己还有其他的**倚靠**，于是恪尽职守的决心无形中就被预留后路的考虑啃蚀得千疮百孔。你可以使他在脑海中建起一连串虚构的防线，让他在不知不觉中认定最坏的情况**绝对不会**发生。然后，在他最为惊慌、还弄不清状况的时候，给他致命一击，这样你就胜券在握了。记住，关键在于由怯懦所引发的**行为**；恐惧的情绪本身并不是罪，虽然我们乐于隔岸观火，但是它对我们并没有半点好处。

你那对怯懦敬畏三分的叔叔

大榔头

第30封信

亲爱的小蠹木：

有时候我还真怀疑你是不是以为派你到俗世去，是要让你去享受一番的。我从地狱警察局那里，而不是从你那敷衍了事的报告中得知，这小子在第一次空袭时的表现是我们最不乐于见到的。他被吓坏了，还自认为是懦夫，因此觉得很丢脸；但是他仍然恪尽职守，甚至还做了一些分外之事。在这场灾难中，你所做的只不过是使他在被狗绊倒时发了顿脾气，多抽了几口雪茄，以及忘了祷告。你向我抱怨自己的难处有什么屁用？如果你想引用老贼头的"公义"原则，反驳说自己没有功劳也有苦劳，那么我想即使把你打成异端也不算过分。无论如何，你不久就会发现地狱里讲的公义可是很现实的，也很功利，只看结果。要是你做不了英雄，就心甘情愿地做别人的踏脚石吧！如果没有本事猎人肉，就自己充当俎上肉吧！

你信里面唯一令人欣慰之处在于，你预料这小子的倦怠会带给你可乘之机。你倒是说的比唱的还好听，但是恐怕成不了什么气候。倦怠**确实**足以使人变得异常温和、脑筋冷静，甚至会看到异象。如果你常常看到有人发脾气、恶毒又暴躁，那是因为他们已经累积了相当的怒气。最诡异的就是，稍微有疲态比完全精疲力竭更容易使人焦躁暴戾。这部分是由于生理因素，当然还有其他原因。让人大发怒气的原因主要不在于身体疲累，而是别人对身体劳累的他还提出额外的要求。凡是人所想要的，他们很快就会将其视为自己理所当得的，于是我们不费吹灰之力，就可以把人的失望转变为一种受害的感觉。当人处于绝望之中，认为无处可躲，并且对未来不再有任何期待的时候，反倒会产生一种危机：倦怠会让他变得谦卑、柔和。因此，若要利用这小子的倦怠，就必须先灌输他错误的希望。让他相信空袭不会一直持续下去。让他自我安慰说，明晚就可以安睡在自己的床上。让他以为身体的疲累马上就能得到纾解，这样反而可以增强他的倦怠感；因为人往往在压力停止，或者以为压力已经消失的那个瞬间，觉得自己再也撑不下去了。这时，就和处理胆怯的时候一样，要避免让这小子痛下决心坚持到底。不管他口里**说**什么，一定要确定他的内心其实并不愿意忍耐到底，而只愿意忍耐到"合理的期限"——并且要使这合理的期限比预计的试探还要早结束。不过，不需要早**太多**；打击这小子的耐心、纯洁、毅力，最大的乐趣就是看着他在即将安然度过之前（不过他对此可是毫不知情）就颓然放弃了。

我不知道他会不会在压力当头的时候还和那妞儿约会。事实上，在相当疲累的情形下，女人话愈多，男人话愈少。如果他去见那妞儿了，就要好好利用这一点。许多彼此间隐瞒的怨恨，都会在此时爆发出来，即使恋人也不例外。

或许他当前目睹的一幕幕景象，还不足以在**理性**上动摇他的信仰——他的理性已脱离你的掌控，这是拜你之前的失败所赐。不过，你仍然可以试着从情绪层面发动攻击。当他初次看到人体残骸血肉模糊地粘在墙上时，你要让他猛然**感觉到**这就是"世界的**真实面貌**"，而他的整个信仰不过是一场梦。你会发现，我们早已把人类搞得满头雾水，不明白"真实"这个字眼意指什么。他们在讨论伟大的心灵体验时，会彼此说："**真实**

发生的事情，只是你人在一间灯火通明的屋子里聆听一曲音乐"；这里所谓的"真实"指的只是具体事实，而与他们实际经验到的其他元素截然分开。另一方面，他们也会说"坐在安乐椅上谈论高台跳水是一回事，但是比不上你亲自爬上跳台玩真的"；"真实"在这里的意思恰恰相反，指的不是具体事实（这点他们在安乐椅上已经谈过了），而是具体事实在人类意识中所引起的情绪反应。这两种用法都各自有理；不过重要的是，我们必须把这两种说法相提并论，混为一谈，以容许我们将"真实"这字词所代表的情绪性意涵，按情况需要而任意设定。我们已经在人心中建立起一个牢不可破的共识，就是让他们认为所有促进人类快乐与幸福的经验中，只有具体事实才是"真实"的，而所有心灵因素都是"主观的"；反之，在所有使他们沮丧或者堕落的经验中，心灵因素才是主要的事实，而忽略这因素就是在逃避现实。因此，当新生命诞生时，血汗与痛苦才是"真实的"，所感受到的欢乐不过是出于主观的看法；而当死亡降临时，可怕与丑陋显示出死亡的"真实意涵"。可憎之人的可恨是"真实的"——你能够透过恨意看穿一个人的真面目，你对这人所存的幻想破灭了；但是对所爱之人的爱意，则只是一种主观的迷惘，其中掩盖着的"真实"则是性欲或者经济考虑。战争与贫穷**真的**很

145

可怕；和平与富裕只不过正好是人心中的向往。这些受造的凡人始终都在相互指控"想要马儿跑，又要马儿不吃草"；所幸由于我们的努力，如今他们多半处在喂饱马儿之后，却让马儿闲着不跑的尴尬境地。只要好好调教你那小子，总有一天他在看到尸横遍野的时候，会毫不犹疑地认为当时的情绪反应就是**真实**的显现，而看到欢乐的孩童或者晴空万里时自己的愉悦之感，只不过是感情用事罢了。

你那喜欢贴近冰冷现实取暖的叔叔

- 第31封信 -

我亲爱的、至亲至爱的小蠹木、我的小乖乖、猪仔仔:

这下好了,一切都完了!你哭哭啼啼跑来问我向来对你的那些昵称、那些大恩大德的关爱到头来是否都不算数。恰恰相反!放心,我对你的爱和你对我的爱就像两颗青豆,毫无二致啦!我真是时时刻刻渴望拥你入怀,正如你(我可怜的小傻蛋)成天想得到我一样。区别仅仅是,嘿嘿嘿……我是你的老大。现在,他们就要把你交给我处置了,若非你整具身体,至少一块肉吧!爱你?还用问?当然啦!一口让我嚼了便能大

147

腹便便的肥炙美味。

　　你让一条灵魂从你的指爪间溜走了。失去这块肥肉所引起的饿嚎、嘶吼，此刻正撼动着"咆哮地狱"的每一层级，甚至直逼那王座本身。一想起这件事就叫我抓狂。他们把那小子从你手中攫走的那一瞬间到底发生了什么事，我可是一清二楚！他的眼睛（可不是吗?）突然雪亮了，第一次迎面把你瞧个正着，认清原来在他心里作祟的就是你，而且知道今后你再也无法得逞了。想想那一瞬间这厮的感觉（从此这成为你胸口永远的痛）：就好像一块老疮疤脱痂了，好像他整个人从介壳般令人讨厌的枷锁中探身出来；又好像他永远甩掉了一身脏兮兮、湿嗒嗒、油腻腻的外套。真惨啊！目睹这些人活着时脱掉肮脏的、不舒服的衣服，在热水中舒展四肢，扑腾着发出愉悦的欢呼声，这已经够让我糟心了。唉，这最后的脱离、彻底的洁净，真是要了我的命呢！

　　愈想愈让我受不了。他竟然这么容易就逃脱了！瞬间全然释放了！不需经历逐日加深的惴惴不安、医生的宣判、住院治疗、劳师动众的开刀手术、终究落空的求生盼望。前一刻看来还是我们君临天下：空袭轰轰隆隆，房屋崩塌，满嘴辛臭的硝烟味侵入肺叶，脚板因疲惫而发麻，整颗心因惊吓而发冷，脑门天旋地转，两腿又酸又疼；怎么下一刻竟然戛然而止，像恶梦乍醒，既已事过境迁，就都无所谓了。你这斗败的公鸡，被打垮的蠢蛋、白痴，注意到了没？为什么那只臭虫，从土里蹦出来的臭虫，竟能自然而然地进入崭新的生命境界，仿佛他本是为此而生的？他从前的一切讥诮、怀疑，怎么眨眼之间全变得荒诞可笑？听听他的自言自语："是啊！原来是这么一回事，原来所有让人胆颤心惊的事全都如出一辙，全都依循同样的过程。情况总是愈来愈糟，糟到把你逼进了死胡同，正觉得自己就要粉身碎骨了，但是看哪，突然间你就脱困了，一切又回归常态。就像拔牙，愈拔愈痛，痛到极点，啵的一声，牙就拔掉了。梦变成了恶梦，然后你就醒了。九死一生，死了又死，你就越过了死亡。过去的我怎么会一味否定、一再怀疑呢？"

你那小子识破你的一刹那，同时也看见了诸神。我知道这是怎样一种光景。你龟缩回去，头晕目眩，比起那小子被炸时还更遍体鳞伤。多丢脸啊！这个来自尘土的痞子竟然可以昂首挺立与诸神交谈，而你呢？本属乎灵，却只能畏首畏尾，抬不起头。或许你以为这种奇特的经验会令那小子凛然生畏，足可使他的喜乐化为泡影。但可诅可咒的是，在凡人眼中，诸神让人惊诧莫名，却不觉得陌生。那一刻之前，那小子或许全然不知诸神的模样，甚至怀疑他们的存在。这下子看见了，也

149

就了然于心，知道自己向来认识他们，并且意识到一生中许多自以为孤独的时刻，其实有神参与其中，所以现在他对他们说"原来是**你**啊!"，而非"你**是**谁?"。在这次的相遇里，诸神的形质和话语勾起了诸般的回忆，从孩提时代起，当他独自一人时，常常隐约觉得周围有人相伴，这下子终于获得了解释；一首乐曲恍若旧识，流淌在每一个纯真的体验中，待要捕捉，却又难以记下，这下子终于鲜鲜活活涌现了。他认出了诸神，就在他垂死的肢体即将归于平静之际，这样的认知让他自在地享受到神灵的同在，而你却被冷落在外。

那小子不只见到了诸神，他更见到了那位真神。这畜牲，这在床榻上制造出来的东西，竟然可以定睛凝视神。对你而言是眩目窒息的烈火，此刻对他却是一道沁凉的光、澄澈的本体，而且披戴人的形像。你尽可把这小子在那位真神面前的俯伏敬拜、自我唾弃和对自己的罪认识通透（是的，小蠢木，对罪的认识，他甚至比你还透彻），诠释为就像你遇见从天堂吹来的致命毒风，顿时感到窒息和麻木一样。真是一派胡言! 一个人遇见神之后，也许仍会遭遇痛苦，但是他们会**拥抱**那些痛苦，不屑拿来跟属世的任何快乐交换。你从前用来诱惑他的各样感官的、情感的、知性的快乐，甚至美德本身所带来的快乐，现在对他来说，就好比一个年老色衰的妓女对男人产生的吸引力，只会让他觉得恶心，尤其这个男人听到他一生挚爱的那个女子，那个他以为已经死去的人，其实还活着，此刻正站在他的门前。当下，他整个人被这个活过来的世界掳获了，在那里，痛苦和快乐都具有无限的价值，而我们一切的算计都失效了。再一次，那将临到我们的灾厄超乎语言所能述说。除了你们这群无用的勾魂鬼使所酿的灾，临到我们身上最惨的咒诅，就是地狱情报部门彻底溃败，没有人能侦察出老贼头到底想要什么！罢了，罢了，他所要的那个东西是多么可恨可厌，却是通向权力不可或缺的工具！有时我几乎要绝望了，唯一支撑我的是我们所崇奉的现实主义信念，以及我们的决心——即使各样诱惑当前，仍然坚拒一切愚蠢的胡言乱语和哗众取乐——终必获得最后的胜利。在这当口，至少我还有你可供消遣。

爱你逐日渐深，食欲也逐日增强的叔叔

- 大榔头祝酒·前言 -

　　第二次德国战争期间，《大榔头写给小蠹木的煽情书》连载于《守护者报》（*The Guardian*）（现已停刊）。但愿不是这些信加速了这份刊物的消亡。不过，它因此失去一位读者，也是千真万确的事。一位乡村牧师写信给主编，要求退订，理由是"这些信给出的建议在他看来不仅是错的，简直就是魔鬼亲授"。

　　总体而言，这些书信如此受欢迎，本人始料未及。评论或赞誉有加，或义愤填膺，但此种忿怒恰恰让作者明白，这是命中靶心了。这本书刚一出版，销量可谓巨大（以我的标准），之后也保持销售稳定。

当然，销量并不总是意味着作者如愿以偿。你若按圣经在英国售出的数量来衡量英国人读了多少圣经，就是误入歧途。这本书的销量多少有点类似的含混性质。它是那类被送给教子教女的书，度假时被大声朗读的书。它甚至是——我已忍笑注意到——特别容易被放在备用卧室的书，在那里跟《修路者》[1]《约翰·英格莱森》[2]以及《蜜蜂的生活》[3]一起安静度日。有时候，甚至还有更叫人憋屈的买书原因。我认识的一位女士发现，医院里给她灌热水瓶的那个漂亮的实习小护士，也读过《大椰头写给小蠹木的煽情书》。她还发现了个中原因。

"您看，"小护士说道，"我们被警告，在面试的时候，等那些真正的技术性问题过了之后，夫人们，还有别的人，有时候会问问你的兴趣爱好。最好的回答是你读过什么书。所以他们就给了我们一张大概十本书的书单，这些书一般都挺讨好的，然后跟我们说应该至少读

---

1. 《修路者》（*The Road Mender*，1902）是英国基督教作家玛格丽特·巴伯（Margaret Barber，1869—1901）的灵修作品。——译者注

2. 《约翰·英格莱森》（*John Inglesant*，1881）是英国作家肖特豪斯（J. H. Shorthouse，1834—1903）的历史小说。——译者注

3. 《蜜蜂的生活》（*The Life of the Bee*，1901）是1911年诺贝尔文学奖获得者、比利时作家莫里斯·梅特林克（Maurice Maeterlinck，1862—1949）的作品。——译者注

过其中的一本。"

"那你就选了《大椰头写给小蠹木的煽情书》?""当然咯,这本是最短的。"

无论如何,在各种可能性都考虑过之后,这本书还是有不少真正的读者,他们心中因这本书引起的疑问,也就值得好好回答一下。

提得最多的一个问题是,我是否真的"相信'魔鬼'"。

是这样的,如果你口中的"魔鬼"是指与上帝对立的一种力量,与上帝一样自有永有,那么答案肯定是"不"。除了上帝之外,没有非受造之物。上帝没有对立面。没有什么存在可以获得与上帝的完全之善相对立的"完全之恶";因为当你拿走所有的善(智慧、意志、记忆、能力和存在本身),也就一无所剩了。

这个问题更确切地说应该是,我是否相信"魔鬼们"。我信。也就是说,我相信有天使,然后我相信有一些天使因为滥用他们的自由意志,变成了上帝的敌人,相应的,也就成了我们的敌人。我们可以称他们为魔鬼。就属性而言,他们与好天使没有区别,但他们的本性是堕落的。魔鬼是天使的对立面,就像坏人是好人的对立面。撒但是群魔之首领或司令,不是上帝的对立面,而是天使长米迦勒的对立面。

我相信这些，并非作为我的信条的一部分，而是作为我的观点之一。如果这个观点被证明是错的，我的宗教信仰也不会就此毁于一旦。在尚未证伪之前——否定的证据很难找到——我会继续保留这一观点。在我看来，这个观点能够解释很多事实。它与圣经的明确道理、基督教传统以及大多数时代的大多数人之信念都相符合。而且它也并没有与科学实证相冲突。

相信天使——无论是好天使还是坏天使——并不意味着相信艺术或文学中的任何一个形象，这一点大家应该明白（但还是有必要说明）。魔鬼被描绘成长着蝙蝠的翅膀，好天使则是鸟的翅膀，这不是说有人认为道德败坏有可能把鸟羽变成蝠膜，而是大多数人更喜欢鸟而非蝙蝠。他们被赋予翅膀是为了暗示超凡才智之迅捷；他们被赋予人形是因为人是我们所知道的唯一有理性的受造物。自然序列中比我们更高级的受造物，无论有形或无形，凡是我们无法直观的类型，若要描绘他们，就必须采用象征手法。

这些形式不仅具有象征性，善于思辨的人们历来也都清楚这一点。希腊人不相信诸神真的就像希腊雕塑家凿出来的美丽人形。在他们的诗歌中，一位想对凡人"现身"的神，会临时幻化成人的样子。基督教神学几乎一直以同样的方式解释天使的"显现"。5世纪的狄奥尼修斯[1]这样说，只有无知者才会梦想精灵真的就是长着翅膀的人。

这些象征在平面艺术中越来越退化。弗拉·安吉利科[2]画的天使，脸部和姿态都带着天堂的平静和肃穆。然后有了拉斐尔[3]那些胖乎乎的婴儿裸体形象；最后是19世纪艺术中绵软、瘦削、少女模样的安慰天使，这些形象过于女性化，若非沉闷呆板到了极点，难免让人产生性感的联想——茶几乐园里的高冷女神们。这些形象是一种贻害匪浅的象征。在圣经中，天使每次显现都具有震慑力；他们必须一出场就要对人说"不要害怕"。而维多利亚时代的天使看上去就立刻让人想说："宝贝，乖乖。"

文学中的象征形象更加危险，因为要看清他们的象征性，并不像看清绘画那么容易。但丁的象征是最好的。在他的天使面前，我们仰面惊惧。但丁笔下的魔鬼，其狂暴、怨恨、下流远比弥尔顿的更接近真相。这

1. 狄奥尼修斯：这里应该是指5世纪末6世纪初的基督教神学家、哲学家伪狄奥尼修斯（Pseudo-Dionysius）。——译者注
2. 弗拉·安吉利科（Fra Angelico, 1395—1455）：意大利文艺复兴早期画家，多明我会修士。——译者注
3. 拉斐尔（Raphael, 1483—1520），意大利著名画家，文艺复兴时期代表人物之一。——译者注

是罗斯金[1] 的精辟评论。弥尔顿的魔鬼，其雄壮和宏大的诗意，危害不小，而他的天使则受到荷马和拉斐尔的过度影响。但真正贻害无穷的是歌德笔下的梅菲斯特。地狱的标志是不计一切代价、永无休止、十二万分严肃的自我中心，真正展现这一标志的是浮士德。而梅菲斯特则幽默、文明、通情达理、能屈能伸，这样一个魔鬼形象倒是加深了邪恶能够解放人的错觉。

小人物也许有时能避免伟人的某个失误，我已下定决心，我笔下的象征应该至少不走歌德的弯路。因为幽默包含分寸感和反观的能力。无论我们要把什么东西加诸因骄傲而陷入罪中的人，唯独不能赋予他幽默感。切斯特顿[2] 说过，撒但的堕落乃重力（gravity）[3] 所致。我们需要把地狱想象成这样一种状态：人人永远都只关注自己的尊严和晋升，人人满腹牢骚，人人一本正经地彼此嫉妒、自以为是、愤愤不平。这是最基本的。然后，我想，我选择象征形象还基于个性和年龄。

---

1. 罗斯金（John Ruskin, 1819—1900）：英国维多利亚时代最有影响力的艺术评论家、社会评论家。——译者注
2. 切斯特顿（G. K. Chesterton, 1874—1936）：英国天主教作家、哲学家，以布朗神父的侦探系列小说最为人知，被认为是维多利亚大家阿诺德、卡莱尔、纽曼、罗斯金的后继者。——译者注
3. gravity 是双关语，还有"严肃"的意思，这里应是暗指魔鬼缺乏幽默感。——译者注

我喜欢蝙蝠远胜过官僚。我生活在"管理时代"，一个"管理员"的世界。如今，恶中之最并非发生在狄更斯津津乐道的那些"贼窟"里，甚至也不是发生在集中营和劳改营。在那些地方，我们看到的是恶最终的结果。但是，恶的酝酿、部署却是在办公室，干干净净、铺着地毯、温暖又明亮的办公室，执行者是戴着白领带、指甲清洁、胡须刮净、从不需要提高嗓门的安静的人们。因此，我笔下地狱的象征是类似警察国家的官僚机构，又或者除了生意什么都不关心的办公室。

弥尔顿曾经告诉我们："魔鬼与魔鬼最是齐心协力。"但是如何齐心协力呢？肯定不是靠友谊。仍然拥有爱之能力者还不是魔鬼。这里，我的象征再次派上用场。它使我能用世上的对应物来描绘一个完全由恐惧和贪婪维系着的官僚组织。表面上看来大家都彬彬有礼，对上司粗鲁不啻为自杀行为；对同事粗鲁则可能在你引爆地雷之前就让他们有了戒备。因为"黑吃黑"当然就是这个组织的座右铭。每个人都盼着其他人出丑、降级、一败涂地；每个人都是保密文件、伪装同盟、背后捅刀子的行家。在这一切之上，他们的彬彬有礼，煞有介事的互相尊重，向彼此宝贵付出的"致敬"，形成一层薄薄的外壳。这外壳时不时被戳破，滚烫的仇恨熔岩喷薄而出。

这一象征也使我得以摆脱这样一个荒唐的念头，即魔鬼们对所谓"恶"（恶带引号很重要）的追求是不计利益的。这类芜菁灯[1]对我没什么用。坏天使和坏人一样，是彻底实用主义的。他们有两个动机。第一个动机是害怕惩罚：正如集权国家设有集中营，我笔下的地狱也设有更深层的地狱，即它的"纠偏所"。第二个动机是一种饥饿。在我的设想中，魔鬼能在精神意义上彼此吞食，也能吞食我们。即便在人类生命中，我们也见过控制同伴、几欲将其吞食的激情；把同伴全部的智力和情感生活变成自己的延伸——让他恨我所恨，厌我所厌，经由他而沉溺于自我中心，正如经由本人一样。同伴的激情也必须加以抑制，以便为我们的激情留出位置。他要是拒绝抑制，那他就是自私的人。

在这个世界上，这样的欲望经常被称之为"爱"。在地狱里，我设想他们将之视为饥饿。不过，这种饥饿在那里更为猛烈，更有可能获得一种完全的满足。我提出，在那里更强大的灵魂——或许也没有肉身能在那里制造障碍——能够真正彻底吸食更弱小的灵魂，后者被施暴的自我能够永久地将前者撑得更大。（我设想）魔

---

1. 西方万圣节最早使用芜菁（一种萝卜）制作鬼脸灯笼，后来在美洲大陆改用南瓜。这里用芜菁灯比喻假的魔鬼。——译者注

鬼就是因为这个原因才渴望获得人的灵魂，以及其他魔鬼的灵魂。撒但正是为此才渴求自己的追随者，以及所有夏娃的子孙和天堂的大军。撒但的梦想就是有朝一日，一切都进入他体内，所有口称"我"者都只能透过他来说出"我"字。上帝以其深不可测的爱，将工具变成仆人，又将仆人变为儿女，以便他们最终能在完全的自由中与他融为一体，这自由源于一种自发的爱，来自完全不同的个体的爱，也正是上帝让人得解放，成为独一无二的个体；而撒但的"肿胀蜘蛛法"[1]只是对上帝的爱的拙劣模仿，撒但的认知也只能达到这样的水平。

但是，正如格林童话故事"Der Räuberbräutigam"（《强盗新郎》）里所言，"des träumte mir nur"[2]，一切都只是神话和象征。这就是为什么我个人如何看待魔鬼这个问题，对于这本书的读者真的不是那么重要，尽管一旦被提出来，回答一下也是合情合理的事。对那些跟我看法一致的人，我笔下的魔鬼就是一个具体现实的象征；对其他人，他们就是抽象的拟人形象，而这本书就是一则寓言故事。不过，你怎么读这本书，不会有很大

---

1. "肿胀蜘蛛法"是指前文路易斯提到他所构想的魔鬼吞食其他灵魂之后让自己变得更大。——译者注

2. "des träumte mir nur"，此句德文引自《强盗新郎》，意思是"这不过是我梦见的"。——译者注

区别。因为这本书的目的当然不是探讨魔鬼的生活，而是从一个新的角度来观察人的生活。

有人告诉我，我不是第一个这样做的，17 世纪时已经有人写过来自一位魔鬼的信。我没看过那本书。我想这本书的观点主要还是政治性的。但是我乐于承认受到过史蒂芬·麦肯纳[1] 的《一位好心女人的自白》的影响。这两本书之间的关联也许不明显，但是你可以发现一种相同的道德倒置——黑变白，白变黑——以及由一个毫无幽默感的人做叙述者而产生的幽默。至于精神上的同类相食，这一念头我觉得可能多少是受了大卫·林塞[2] 被忽视的作品《大角星之旅》中那些可怕的"吸食"景象的影响。

我笔下小鬼们的名字引起了不少好奇，也有许多解释，但都是错的。事实上，我只想让名字听起来不舒服——这方面我可能也得感谢林塞。某个名字一旦被造出来，我可能跟所有人一样（也不比任何人更有权威），会去观察在语音上是否有造成不愉快效果的任何联想。我想，scrooge（吝啬鬼），screw（螺丝钉），thumbscrew

---

1. 史蒂芬·麦肯纳（Stephen Mckenna, 1888—1967）：英国小说家，其作品《一位好心女人的自白》出版于 1922 年。——译者注
2. 大卫·林塞（David Lindsay, 1876—1945）：英国小说家，其作品《大角星之旅》出版于 1920 年。——译者注

（拇指夹，一种刑具），tapeworm（绦虫），以及 red tape（官僚程序）这些词，对我这位主人公的名字[1]都有点儿影响，而 slob（懒汉），slobber（垂涎），slubber（玷污），以及 gob（吐唾沫）这些词，则都进了 slubgob（郭鲁伯）。

有人恭维我说，这些信应该是我多年研究道德神学和虔修神学的成果，实在不敢当。他们忘了还有一种同样可靠、尽管没那么中听的研究诱惑之道的方法。"我的心"——我不需要别人的心——"向我显明不虔敬者之恶"[2]。

常有人问起《大榔头写给小蠹木的煽情书》有没有续集，也有人建议我动笔，但是有很多年，我没有丝毫提笔续写的意愿。尽管这是我写得最轻松的一本书，却也是写作过程最乏味无聊的一本。之所以写得轻松，无疑是得益于以下这个事实：让魔鬼写信这样的念头一起，它便自动运转，仿佛斯威夫特笔下大人国和小人国

---

1. 主人公名字"大榔头"英文为 Screwtape，与此处路易斯列举的几个英语词都有读音上的相似关联。——译者注

2. 此句是路易斯引用圣经《诗篇》36：1 的旧译 "My heart showeth me the wickedness of the ungodly"。但是新的英译版（NIV）翻译如下："I have a message from God in my heart concerning the sinfulness of the wicked；There is no fear of God before their eyes."（"上帝在我心中有关恶人之罪性的留言：他们眼中没有对神的畏惧。"）可见新译是强调恶人不畏惧神。——译者注

里的居民，或是"埃瑞璜"[1] 里的医药和伦理哲学，又或安斯狄的"揭路茶魔石"[2]。你要是给它一个脑袋，它可以跟你并肩跑上一千页。但是，虽则将自己的内心扭曲成魔鬼并不难，可这并不是什么好玩的事，也不可能持续太久。这种紧张会造成精神阵痛。我以大榔头的口吻说话，随即进入一个满目尘土沙砾的不毛之地，还有饥渴和搔痒。一切美好、新鲜、友善的痕迹都必须抹尽。书还没写完，我已经快窒息了。如果再多写几章，怕是我的读者们也要窒息。

更重要的是，我对自己的这本书还有一种不满，因为它并不是一本除我之外没人能写的书。在理想状态下，既然有大榔头对小蠹木的建议，就应该也有大天使对某人的守护天使的建议，互为平衡。没有后者，人类生活的画面就是倾斜的。但是谁能补足这一缺憾呢？即便有人——远比我更好的人——能够达到所需的精神高

---

1. "埃瑞璜"：英国作家巴特勒（1835—1902）的反乌托邦游记小说名为《埃瑞璜》（1872 年出版），"埃瑞璜"英文 Erehwon，是 nowhere 的反拼，中文译名也作《乌有之乡》。——译者注

2. 安斯狄的"揭路茶魔石"：英国作家托马斯·安斯狄·格斯里（Thomas Anstey Guthrie，1856－1934）以 F. 安斯狄作笔名于 1882 年出版幽默小说《反之亦然》，主要情节是男孩迪克不愿意回到葛力姆斯通的学校上课，因为一块"揭路茶魔石"的作用，迪克与他的父亲交换了身体，并把父亲送去了那个学校。——译者注

度，他又能使用什么样"可应答的形式"呢？因为形式终究是内容的一部分。单纯的建议并无益处；每个句子都应散发天堂的气息。时至今日，即便你有特拉赫恩[1]的文笔，你也没办法那样去写，因为"功能主义"的规范已经让文学失去了一半的功能。（从根本上说，每一种理想的形式都既规定了怎么写，也规定了写什么。）

之后，年复一年，写这些"书信"的沉闷经历渐渐被淡忘，有关大椰头能写点这样或那样东西的念头又开始浮现。我已决定不会再写一封类似的"信"。倒是模模糊糊有了一场讲座或是"致辞"之类的想法，时而淡忘，时而忆起，但从未落笔。然后，《星期六晚报》的邀请来了，于我而言，这就好比是发令枪终于打响了。

C. S. 路易斯
于剑桥抹大拉学院
1960 年 5 月 18 日
（丁骏　译）

---

1. 特拉赫恩（Thomas Traherne, 1637—1674）：英国作家及玄学派诗人。——译者注

- 大椰头祝酒 -

[场景是地狱"小鬼培训学院"
的年度聚餐。校长郭鲁伯博士刚为
客人们的健康祝了酒。嘉宾大椰头
起身应答。]

校长先生,"祸患殿下"[1],各位"小人"[2],我的

---

1. "祸害殿下":原文 your Imminence 是对红衣主教尊称 your Eminence 的戏仿,imminence 有"迫近的危害祸患"之意,故译作"祸害殿下"。——译者注
2. 各位"小人":原文 your Disgraces 是对有爵位者之尊称 your Graces 的戏仿,disgrace 有"耻辱,不光彩"之意,故译作"小人"。——译者注

"刺友们"[1]，各位女鬼、男鬼[2]：

这样的场合，按照惯例，发言者要向你们这些刚毕业的小鬼致辞，你们即将被正式派驻地球，走上诱惑者岗位。鄙人很乐意遵循这一惯例。想当年，我战战兢兢地等候自己第一次上岗的情形还记忆犹新。我希望，也相信，今晚你们中的每一位都怀着同样的忐忑不安。你们的事业即将开启。这一事业——正如我的事业那样——应当保持一以贯之的成功，这是来自地狱的期许，也是来自地狱的命令。如若不然，等待你们的是什么，各位理应心知肚明。

恐惧，无休止的焦虑，我无意淡化此类情绪所包含的健康向上的现实主义元素，这一元素必将鞭笞与激励尔等奋勇拼搏。你们将何其羡慕人类的睡眠功能啊！然而，与此同时，关于整体性的战略战况，我意欲向各位展现一幅颇能鼓舞人心的画面。

你们那位令人生畏的校长所作的演讲，充满真知灼见，却也夹杂了像是为眼前这场盛宴致歉的东西。那么，诸位男鬼，谁也没想怪罪于**他**。但是，我们今晚所

---

1. "刺友们"：原文 Thorns，应该是"眼中钉肉中刺"之意，本应该说"我的朋友们"，故译作"刺友们"。——译者注
2. "各位女鬼、男鬼"：原文 Shadies and Gentledevils，是对 Ladies and Gentlemen（各位女士、先生）的戏仿。——译者注

享用的人类灵魂的焦灼，作为食材，其品质委实一般，这一点亦无可否认。你我这些施虐者所知的一流厨艺，也改变不了这餐饭的寡淡无味。

哦，要是能再来一口法利纳塔[1]，一个亨利八世，哪怕是再来一只希特勒也好啊！那是真有点儿嘎嘣脆响，有点儿嚼头；那种忿怒，那种自负，那种残忍，比起我辈，只不过在稳健度上稍逊一筹罢了。这些灵魂被吞食时所做的抗拒令其尤为美味。等你咽下去之后，五脏六肺都倍感舒坦。

再看看今晚，我们吃的都是些什么啊？有一道菜是"腐败酱烧市政要员"。但是鄙人品尝下来，完全找不到那种真正激情四射的、野蛮的贪婪，上个世纪的大亨巨贾身上倒是常有这种美妙的口感。他难道不是个毫无悬念的"小人物"吗？那种拿点小回扣，私下开点无聊玩笑，发表公众讲话时矢口否认，满嘴陈词滥调的家伙，一个猥琐的无名小卒，随波逐流地成了腐败分子，只是隐隐约约感觉到自己的腐败，而其腐败的原因主要就是，别人也都这么干。接着是那道不温不火的"私通者砂锅"。你能在这一大锅乱炖里找到哪怕一丁点儿欲火

---

1. 法利纳塔（Farinata，1212—1264）：13世纪意大利贵族，以其异教观闻名，被但丁写进《神曲》，是出现在地狱中的一个人物。——译者注

如焚，一丁点儿狂野不羁，一丁点儿逆天违众，一丁点儿欲壑难填吗？我反正没找到。在我嘴里感觉都是一群几近性冷淡的白痴，之所以一头栽进或是三三两两跌进别人家的床，只是因为看了一些挑逗广告，或者就是为了让自己感觉很时尚，很解放，要么就是想证明自己的男子气或者所谓"正常"，甚至有些就是因为实在无所事事。鄙人可是亲口尝过麦瑟琳娜[1]和卡萨诺瓦[2]的，再尝这些人，恕我直言，几欲作呕。可能也就是"工会委员清炒花样马屁"这道菜还算过得去。这家伙是真正作了点恶的。他在不知不觉中为流血、饥荒、自由的沦丧出了不少力。是的，在某种程度上。但是也真不值一提！他对这些终极目标的考虑微乎其微。主宰他这一生的无非就是服从党规党纪，自以为是，以及凌驾于一切之上的所谓循规蹈矩。

不过，以下才是我发言的关键。从美食学角度来看，这顿大餐可谓不幸。但是，我希望我们中没有人会把美味放在首位。这顿大餐，在另一个远为严肃的层面上，难道不是充满希望和鼓舞的吗？

---

1. 麦瑟琳娜（Messalina，17/20—48）：罗马皇帝克劳狄乌斯的妻子，以"荡妇"之名留载史册。——译者注
2. 卡萨诺瓦（Casanova，1725—1798）：富有传奇色彩的意大利冒险家，风流成性，其名在英语中成为"浪荡子"的别称。——译者注

首先，我们要看到可观的数量。质量也许低劣，但是我们从来没有像今日这般收获了满坑满谷的灵魂（某种类型的）。

其次，我们要看到胜利。我们禁不住要说，这样的灵魂——或者说这样烂糊糊的灵魂渣子——甚至都不配下地狱。此话不假，但是老贼头还觉得它们都值得拯救（不管出于何等神秘变态的原因吧）。相信我，他真是这样想的。你们这些尚未有过实战经验的后生小子，你们真是不知道要最终抓住那些可怜的生物，我们得付出多少辛劳，绞尽多少脑汁。

困难恰恰在于他们的渺小和软弱。这些害虫一个个浑浑噩噩，对周遭环境反应木讷，要想把他们提升到有能力干坏事，需要头脑清晰、刻意为之的精神状态，难啊。这提升的高度还得不多不少，万万不能有那致命的"过头"一毫米。因为一旦如此，很可能前功尽弃。他们也许就此开眼能见，悔过自新。另一方面，若提升高度不够，他们很可能就只够进"地狱边境"，既不够资格上天堂，也一样没有资格下地狱；这些没有达标的东西，就只能永远沉入多少是自满自足的"次人"状态。

老贼头所谓每一个体选择中的"错误"转折，对这些生物来说，最初几乎都是处于无法在精神上负全责的状态。对于自己所打破的禁忌，无论是其源头还是其真实性，他们都全然不明所以。除了包裹自身的社会气氛，他们几乎意识不到其他东西。当然，得益于我方的计谋，这些家伙的语言污秽浑浊；在别人那里是**贿赂**，到了他们自己这里，就是**小费**或**礼物**。这些家伙的"诱惑者"需要做的首要工作就是，将他们所选择的通往地狱之路，经由重复变为一种习惯。但是，接着（这才是最重要的）要把习惯变为原则——这个生物随时准备捍卫的原则。之后，一切水到渠成。服从社会环境，一开始不过是出于本能，甚至是机械反应——一个**果冻脑袋**怎么可能不服从呢？——现在却成了不言自明的信条，或者"融入集体"和"人云亦云"的理想状态。分明就是对自己触犯的律法一无所知，现在成了关于这一律法的某种模糊的理论——记住这些人毫无历史知识——这一理论的表达就是把这律法说成是**传统的、清教徒的、抑或资产阶级的**"道德观"。如此这般，此等生物的头脑中心逐渐形成一种坚硬、结实、固若金汤的决心内核，即做我自己，甚至连可能会改变这个自我的任何情绪都一概拒绝。这个内核的体积并不大；丝毫没有反省能力（这些家伙无知至极）或反抗能力（由于他们贫瘠的情感和想象力）；几乎是自成一体的呆板和严肃；有点儿像个鹅卵石，或者初期的癌细胞。但是这对我方善莫大焉。终于，我们看到了一种对于老贼头所谓"恩典"的真正的、刻意的拒绝，尽管尚未明白无误地说出口。

那么，以上便是我方乐见的两大现象。其一，俘获数量之大；无论饭菜多么食之无味，饥荒的危险总算没有了。其二，胜利本身；我们的"诱惑者"的技术从未如此精湛。不过第三点，也是我尚未总结的，才是最最重要的。

今晚我们——我不想说享用，姑且说摄取吧——摄取了灵魂的绝望和毁灭，此类灵魂的数量正与日俱增，且将持续增多。来自"基层司令部"的建议使我们对这一事实确信无疑；而我们派出的密探们则警告大家要因循形势部署战略。"罪大恶极者"，其喷薄天才的激情越过一切边界，其强大的意志力集中于老贼头最深恶痛绝之物，此类罪人并不会消失，但他们会愈加罕见。我们的猎物将越来越众多；只是这些猎物也越来越渣——此等渣物我们本应扔给刻尔柏洛斯[1]和地狱猎犬，只因实在不配进群魔之口。关于这一现状，有两点你们需弄明白。首先，无论这情形看似多么令人沮丧，实则仍是好事一桩。其次，我希望你们多多关注这一现状背后的成因。

---

1. 刻尔柏洛斯（Cerberus）：希腊罗马神话中守卫冥府的三头犬。——译者注

这仍是好事一桩啊。穷凶极恶的（美味的）罪人，造就他们的材料与造就那些叫人不忍直视的伟大"圣者"的材料是一样的。此种材料的消失也许对我们来说意味着饮食寡淡。但是对老贼头而言，这难道不是彻头彻尾的挫败和饥荒吗？他创造人类——他成为他们中的一员，历尽折磨而死——这一切的目的总不会是制造"地狱边境"的后备团吧，即所谓"失败的"人类。他想要的是"圣者"；是神；是像他自己那样的东西。老贼头的伟大实验正付诸东流，与此相比，你们的饮食寡淡了一点儿，这代价实在不算大吧？还不止这些。随着罪大恶极者人头渐稀，与此同时，大众日渐失去个性，对我方而言，硕果仅存的那些大罪人就愈加无往不利。现如今，每个独裁者，甚至每个煽动者——几乎每个电影明星或歌星——都能吸引成千上万的追随者。这些应声虫把自己（所能有的一切）交给偶像；经由偶像，再交到你我手中。也许有朝一日，我们再不用一个人一个人去诱惑了，除了少数例外。抓住那只领头羊，他身后的羊群便乖乖尾随而来。

　　不过，你们是否了解，我方究竟用了什么办法，以至于人类中沦落到不值一提者，人数竟如此之众？这可不是什么意外。这恰恰是我方对挑战的回应——了不起的回应啊——而这个挑战也是我们曾面临过的最严酷的挑战之一。

各位不妨回想一下 19 世纪下半叶的人类境况——鄙人作为实习"诱惑者"的工作差不多就是在那时候结束的，之后便升到了管理职位。彼时，争取自由与平等的伟大运动已然在人类社会开花结果，日趋成熟。奴隶制被废除。美国独立战争大获全胜。法国大革命成功。宗教宽容在世界范围内与日俱增。在这一运动中，原本存在很多有利于我方的东西。无神论、反教权主义、嫉妒和复仇、甚至还有复兴异教信仰的（荒唐）企图，可谓泥石俱下。要决定我方的姿态，实非易事。一方面，我方承受了当头痛击——至今依然如此——普天下凡忍饥受饿者皆应有所哺，普天下凡镣铐加身者皆应奋起反抗。但是，另一方面，这一运动也排斥信仰，宣扬物质主义、世俗主义以及仇恨，我们因此深感煽风点火之必要。

但是，接近世纪末时，形势就简单明了多了，也更多不祥之兆。在英国（我的一线工作大都在此开展）已是大事不妙。老贼头以其惯用的伎俩，大大利用了这个进步或曰解放的运动，按着他本人的意图恣意扭曲。运动中原来的反基督教元素所剩无几。所谓"基督教社会主义"这一危险现象已然甚嚣尘上。好端端的老式工厂老板，靠着工人的血汗发家致富，非但没有被自己的工人暗杀——这对我方该是多大的利好——反而成为他们本阶级成员的不满对象。富人们越来越多地放弃自己的权力，不是因为革命和外力压迫，而是遵循自己的良心。而那些因此受惠的穷人，他们的行为也真是让你我大失所望。新近获得的自由并没有被他们用来——如你我所期望的——奸淫掳掠，甚至都没去买酒换醉，反倒开始热衷于让自己变得更整洁守序，勤俭节约，知书达理，道德自律。相信我，诸位男鬼，当时来自于一种真正健康的社会形态的威胁已迫在眉睫。

感谢我们在地下的父，这一威胁总算戛然而止。我方的反击来自两个层面。在最深的根基处，我方人员唤醒了一种在此运动初期就隐含着的元素。在追求"自由"运动的中心，埋藏着一种对个体自由的刻骨仇恨。那位被我方视若珍宝的卢梭最早揭示了这一点。在他描绘的完美民主中，各位应该记得，只有国家宗教是被允许的，奴隶制被复兴，而个体则被告知，其真正所意愿的（尽管他本人并不知晓），正是政府让他去做的一切。在此基础上，经由黑格尔（我方又一员宣传大将），我方轻而易举建立起纳粹和共产主义国家。就算是在英国，我们也战绩不俗。我那天听说，在英国如果不经许可，谁也不能拿着他自己的斧子，砍倒他自己的树，然后用他自己的锯子，把树加工成木板，再把木板用来在他自己的花园里搭一个工具房。

以上是我方在第一个层面的反击。各位是新手，不会被委以此种类型的工作。你们仍是以"诱惑者"的身份被配给具体的人头。我方另一层面的不同形式的反击，正是针对这些个体，或是通过这些个体展开的。

你们必须借**民主**这个词来牵着他们的鼻子走。我方的语文专家在腐蚀人类语言方面下过一番苦工，以至于下面这个警告已经显得多余：永远不要让人类赋予这个词任何清晰可定义的含义。这些人也确实不会那么做。他们怎么也想不起来，**民主**的正当含义就是某个政体的名称，甚至不过就是一个投票体系，这与你们要让他们相信的东西之间，其关联微乎其微。当然，也永远不要让他们提出亚里士多德的那个问题："民主的行为"是指民主体制所欢迎的行为，还是指能够保存一个民主体制的行为。因为一旦他们如此提问，他们几乎肯定就会意识到，这两种行为未必一致。

你们只需把这个词当咒语来用；这么说吧，纯粹当成一个有市场的商品。这是让人类肃然起敬的一个词。当然，这个词是与"人应被平等对待"这一政治理想相关的。而你转手就可以在他们的大脑里偷偷把这个政治理想转换成一个切实的信念，即人**是**平等的。特别是对你们手头要攻克的这个人。接着，你们就可以在这家伙的思想中用"民主"这个词来为所有人类情绪中最可耻的（也是最无趣的）一种大开方便之门。你们可以让这家伙无所不为，有些行为若非打着民主这一神奇的旗号，无论放到哪里都会叫人不齿，而他如今却是不以为耻，反以为荣。

我所说的这种情绪无非就是能让一个人悍然说出：**我一点儿不比你差**。

如此一来，第一位也是最明显的好处在于，你们可以导引这家伙在他自己生命的中心树立起一个绝妙的谎言，且坚不可摧，余音绕梁。我的意思不是说，他这话实际上是错的，他在善良、诚实、明理方面就一定比不上他遇见的人，正如他的身高腰围不可能一定比不上他人一样。我的意思是说，这话他自己根本不相信。他但凡相信**我一点儿不比谁差**，他就不会说这话了。圣伯纳德犬不会对玩具狗说这话，学者不会对蠢才说这话，有工作的不会对流浪汉说这话，天生丽质的女人不会对相貌平庸的女人说这话。在严格意义上的政治之外，会提出平等主张的人，也都是自觉在某方面不如别人的。这话所表达的，恰恰是说话者拒绝接受的自卑感所引起的那种抓心挠肺、如坐针毡、油煎火燎的感受。

于是乎，怨恨就来了。于是乎，怨恨他人身上的一切优点，口诛笔伐，恨不得除之而后快。用不了多久，只要谁跟他有点儿不一样，他就怀疑必定是那人自认高人一等。声音、穿着、仪态、娱乐爱好、饮食习惯，大家都必须跟他一模一样。"有人讲起英语来比我口齿更清楚，声音更好听——可恶啊，一副高高在上的腔调，真能装模作样。这小子说他不喜欢吃热狗——准是觉得热狗不上台面，配不上他的品味。这家伙从来不开自动点唱机——肯定又是个假清高，又在作秀呢。这些人要是没问题，就应该都跟我一个样儿。他们没有权利与众不同。这是不民主的。"

这一对于我方大有裨益的现象本身并不新鲜。几千年以来，它一直是以"嫉妒"的名字为人类所熟知。但是迄今为止，人类始终视嫉妒为众恶中之最可憎、最可笑者。那些意识到自己心生嫉妒的人，往往同时感到羞愧；而那些不知嫉妒为何物的人，往往对他人的嫉妒毫不留情。目前这种状态，其令人愉悦的新奇之处在于，你可以为嫉妒大开方便之门——让嫉妒变得堂而皇之，甚至为人称道——只需念一念**民主的**这个咒语。

在此咒语的影响之下，那些各方面都很差劲的人，就会比以往任何时候都更卖力且成功地把所有人拽到跟自己一个水平。但这还不是全部。在同样的影响之下，那些更接近，或者本来可以更接近完整人性的人，却硬生生让自己退后，只因害怕被说成**不民主**。据可靠消息，如今的年轻人有时候会刻意压抑自己内心萌发的对古典音乐或经典文学的喜好，因为这很可能会妨碍他们"融入群众"；那些原本真心想要变得诚实、贞洁、节制的人——也获得了能助他们一臂之力的恩典——现在将此恩典拒之门外。接受这一恩典，可能会让他们变得"与众不同"，可能又会冒犯"人生之道"，使他们"脱离群众"，无法与集体"融为一体"。可能会让他们成为个体（众恶之首啊！）。

有一位年轻女性的祷告很好地概括了这一切，据说以下是她最近刚说过的一句话："哦，上帝啊，让我成为一个正常的 20 世纪女孩吧！"因着我方所下的功夫，她这句话的意思将越来越等同于："让我成为一个荡妇、傻瓜、寄生虫吧！"

与此同时，少数那些（与日递减）没法变得跟大家伙儿一样"正常"和"普通"的人，那些没法被"吸纳"的人，在现实中就越来越倾向于成为道学家和怪人，反正乌合之众无论如何也会这么看他们。正所谓疑人偷斧嘛。（"既然不管我做什么，邻居都会把我看成女巫，或者共产党特务，那我还不如一不做二不休，干脆就当女巫特务吧。"）如此这般，当今的这个知识分子群体，虽然人数不多，却颇能为我们的"地下事业"添砖加瓦。

不过，这完全是副产品。我要让你们全神贯注的，乃是一场轰轰烈烈、四面出击的行动，其目标是诋毁并最终歼灭人群中一切类型的出类拔萃——包括道德、文化、社会、智识等各个层面。如今，**民主**（作为咒语而言）为我们所做的，正是最古老的独裁主义曾经做过的，且手段如出一辙，这岂不让你我心花怒放？你们理应记得，古希腊的一位独裁者（时称"僭主"）曾遣派使者觐见另一位独裁者，讨教治国治民之道。后者领使者来到一片玉米地，随后一挥手杖，他把那些相比之下高出寸把的玉米茎顶梢统统削去。道理显而易见：不要让你的臣民中有出类拔萃者。凡一息尚存者，皆不得比众人更智慧、更良善、更著名，甚至不能更英俊。将所有人裁成一般高矮；万民皆奴隶，皆无足轻重，皆似有若无。人人平等。于是在某种意义上，僭主便实现了"民主"。而如今，"民主"无需任何形式的暴虐，也能做一样的事情。如今，小玉米茎会主动把大玉米茎的顶梢咬掉。而大玉米茎也会出于"有个玉米茎样儿"的愿望而自觉咬掉自己的顶梢。

我已经说了，要确保这些渺小的灵魂——这些几乎已经毫无个性可言的灵魂——能下地狱，还真不是件轻而易举的事，可得费些周折。不过，只要肯下功夫，讲究技巧，对于结果还是可以满怀信心的。罪大恶极者**也**

许看起来手到擒来，可他们到底还是难以预测。等你把他们在掌心玩弄了七十年，老贼头却很可能在第七十一年将他们从你们的指缝间一把抓走。要知道，这些人是可以真正忏悔的，他们能意识到真正的罪。一旦调转车头，他们可以随时为了老贼头奋起抵抗来自社会的压力，正如他们曾经这样为我们效力。跟踪拍死一只东躲西藏的黄蜂，在某些方面是要比近距离射杀一头野象更麻烦。但是，万一你没射中那头大象，那可真是有大麻烦了。

如我所言，我个人的经历主要是在英国，我所掌握的来自英国的消息也远比别处更多。也许对于你们即将展开工作的区域，接下来我要说的话不一定完全有用。但等你们到了那里，可以自己做一些必要的调整，有些方面肯定还是能派上用场的。如果这些话用处不大，你们就需继续努力，务必让你们所要对付的那个国家，越来越像英国的样子。

在这个我方大有可为的国度里，**我一点儿不比你差**的精神，早已不是一般的社会影响力可以同日而语。这种精神已经开始进入他们的教育体系。至于目前它在英国教育系统里运作到何种程度，鄙人不想妄加论断。这本身也无关紧要。一旦抓住趋势，就可轻易预测其未来的发展；尤其我方还会在其发展过程中好好推波助澜一番。新的基本教育原则就是，绝不能让蠢人和懒人在敏而好学者面前生出自惭形秽的感觉。这是"不民主"的。学生之间的这些差异——显而易见的赤裸裸的**个体**差异——必须被掩盖起来。这种掩盖可以在不同层面实现。在大学里，考题必须设计得让差不多所有学生都能得到好成绩。高考必须设计得让所有或者差不多所有公民都能上大学，无论他们是否有能力（或愿望）通过高等教育受益。在中小学堂里，那些因为太笨或太懒而没法学习语言、数学和基础科学的学生，可以让他们做一些孩子们在空闲时做的事情，比如让他们捏橡皮泥糕点，然后美其名曰做模型。但是，绝对不能有一秒钟暗示他们不如其他那些在上课学习的孩子。也不管他们忙活的是些什么玩意儿——我知道英国人早就在用这个词了——所谓"求同存异"嘛。更激进的策略也不是不可能的。原本可以升入高班的孩子不妨故意让他们原地踏步，因为其他孩子会有**心理创伤**嘛——乖乖，这个词别提多管用了！——看到自己落后了嘛。如此这般，整个求学期间，聪明学生就可以被民主的脚镣拴在他自己同龄人的身边，一个本来可以读埃斯库罗斯[1]或是但丁的

---

1. 埃斯库罗斯（Aeschylus，公元前 525—456），古希腊三大悲剧家之一，代表作是《被缚的普罗米修斯》。——译者注

男生就坐着听他的同学铆足了劲儿念出"猫咪坐在地毯上"。

总而言之，一旦**我一点儿不比你差**完全当道，我们就有理由盼望教育最终被废止。所有学习的动力以及对不学习的惩罚都会消失。少部分本来可能想学习的人将被禁止；他们是谁，凭什么想高人一等？而且，不管怎样，教师们——或者不妨说保姆们？——将忙于安慰笨蛋学生，忙着拍他们的肩膀，哪还有时间浪费在真正的教学上。我们再也不需要谋划操劳如何在人群中传播滴水不漏的自大和无可救药的无知了。这些小畜生们自己就能代劳。

当然，除非所有的教育都变成公立教育，以上的情形是很难发生的。但是总有那么一天。那就是这场运动的一部分。惩罚性税收就是为这个目的而出台的，且正在消灭中产阶级，这个阶级愿意为了让他们的孩子接受私立教育而存钱花钱，牺牲自己。值得庆幸的是，**我一点儿不比你差**的精神将导致的无可避免的结果，正是中产阶级的消灭和教育的废止。毕竟，正是中产阶级这一社会群体，为人类贡献了大多数的科学家、医生、哲学家、神学家、诗人、艺术家、作曲家、建筑师、法理学家和管理者。真要有那么一群需要被削掉顶梢的高玉米秆，那自然是中产阶级无疑了。正如一位英国政客不久前所言："民主不要杰出者。"

这个**要**（want）字到底是指"需要"（need）还是"想要"（like），这个问题对这样的家伙提了也是白费。但是你们自己最好还是搞清楚，因为这其中还是可以生出亚里士多德之问的。

在地狱中的我们，欢迎严格意义上的"民主"的消失，即以此为名的政治体制。和所有的政府形式一样，民主政体也同样有利于我方；但从整体上来看，要比其他形式的政体逊色太多。而且我们必须意识到，魔鬼词典中的"民主"（**"我一点儿不比你差"**，"融入群众"，"团结一致"），是我们把地球表面的政治"民主"斩草除根的最先进武器。

因为"民主"或"民主精神"（魔鬼定义）可以导致一个国家人才荒芜，沦为庸人之国，因年轻人不知纪律为何物而陷入道德疲软，无知的土壤经由谄媚的浇灌而遍生骄傲自大，又因终身放纵而毫无斗志。这正是地狱希望看到的享有民主的大众。因为当这样一个国家与另一个国家陷入争战，而在那个国家，孩子们在学校不得不认真学习，无知的大众则对公共事务毫无发言权，那么结果就只有一种。

有一个民主国家最近大吃一惊，因为发现自己在科学上已经被俄国赶超。这真是人类盲目的绝妙标本啊！

只是，若他们这个社会的整体趋势就是反对任何形式的优秀，又何必期待自己的科学家偏偏胜人一筹呢？

我方要做的就是鼓励民主政体天然喜好的那些行为、态度和整体心态，这些东西一旦放任自流，最终就能摧毁民主本身。各位也许禁不住要问，人类自己怎么就看不明白这一点呢？即便他们不读亚里士多德（读了就是不民主嘛），法国大革命早该教会他们，贵族们天然喜好的行为并非保存贵族制的行为啊。他们要是能明白，则无论什么形式的政府，都可以套用这一准则。

但是，我的讲话还没有讲完。我不会——地狱难容！——鼓励你们心生错觉，那正是你们必须在人类牺牲品的大脑中好好培植的。我指的是这样一种错觉，即国家的命运**本身**要比个体灵魂的命运更重要。推翻自由民，复制奴隶国家，这在我方是一种手段（当然，还能取乐）；而真正的目的是摧毁个体。因为只有个体才能获救赎或下地狱，只有个体才能成为老贼头的儿子，或是你我的盘中餐。对你我而言，任何革命、战争、饥荒，最终价值只在于其可能造成的个体的痛苦、背叛、仇恨、忿怒、绝望。**我一点儿不比你差**是摧毁民主社会的有用手段。但是作为自身的目的，作为一种心态，它还具有更深刻的价值，即在排除了谦逊、善良、满足、感恩或敬畏的所有欢乐之后，它可以让一个人偏离几乎每一条有可能最终引领他走向天堂的正道。

接下来，我将履行今晚职责中我最喜欢的一部分。鄙人将代表所有宾客为校长郭鲁伯的健康以及"小鬼培训学院"祝酒。请大家斟满杯中酒。我眼前是什么？我鼻中如此诱人的酒香是怎么回事？这怎么可能？校长先生，我要收回我对晚宴所有的不恭之辞。我分明看到了、也闻到了，即便是战时状况下，学院的酒窖里依然存有不少过硬的"法利赛人"[1]旧酿。不错，不错，不错。这才有点儿旧日好时光的味道。各位男鬼，好好闻一下你们的杯中物吧。朝着光线举起酒杯。看到没有，那些火一般的条纹，在酒深处扭曲交缠，仿佛还在争斗不休。它们确实是在争斗。你们可知这酒是如何酿成的？不同类型的"法利赛人"被收割、踩踏，然后一起发酵，这才培育出如此细腻的口感。这些不同类型在地球上可是势同水火啊。有些三句不离教规、圣遗和念珠；另一些则破衣烂衫，一本正经，不是啤酒不沾，就是绝不踏足戏院半步。二者的共同点是唯我独尊，在他们真实的世界观与老贼头本身或其诫命之间，是一道不可逾越的鸿沟。其他宗教的邪恶是这些人各自宗教的中

---

1. 法利赛人 (Pharisees)：法利赛人是公元1世纪犹太教的一个派别，在圣经新约中多次被耶稣批评假冒为善。——译者注

心教条；他们的福音就是诋毁，他们的祷告就是贬斥。太阳底下的他们对彼此真是恨之入骨啊！而如今，他们永生永世纠缠在一起，这份仇恨又该深到什么程度呢！他们对于互相交融的惊骇和厌憎，他们永远不知忏悔的恶毒不停化脓，进入我们精神的消化系统，会产生火烧般的快感。黑暗之火。总而言之，言而总之，我的朋友们，要是大多数人类口中的"宗教"真从地球上消失了，那对我们来说才是大事不妙。宗教仍然能为我们输送真正宗教性质的罪。只有在离"圣洁"最近的土地上才能看到不洁之花的怒放。诱惑最大的成功往往发生在通往圣坛的阶梯之上。

"祸患殿下"，各位"小人"，我的"刺友们"，女鬼们、男鬼们：让我们为校长郭鲁伯，为学院——干杯！

（丁骏　译）

图书在版编目（CIP）数据

大槲头写给小蠹木的煽情书/（英）C. S. 路易斯（C. S.
Lewis）著，曾珍珍译，丁骏校.
—上海：上海三联书店，2023.11 重印
ISBN 978－7－5426－4705－4

I. 大… II.①C…②曾…③丁… III.①书信集－英国－现代
IV.①I561.65

中国版本图书馆 CIP 数据核字（2019）第 153098 号

大槲头写给小蠹木的煽情书

著　　者／C. S. 路易斯
译　　者／曾珍珍
校　　译／丁　骏
策　　划／徐志跃
责任编辑／邱　红　李天伟
装帧设计／周周设计局
监　　制／姚　军
责任校对／张大伟

出版发行／上海三联书店
　　　　　（200030）中国上海市漕溪北路 331 号 A 座 6 楼
邮　　箱／sdxsanlian@sina. com
邮购电话／021－22895540
印　　刷／上海颛辉印刷厂有限公司

版　　次／2022 年 3 月第 1 版
印　　次／2023 年 11 月第 2 次印刷
开　　本／889 mm×1194 mm　1/32
字　　数／100 千字
印　　张／6. 5
书　　号／ISBN 978－7－5426－4705－4/I·852
定　　价／45. 00 元

敬启读者，如发现本书有印装质量问题，请与印刷厂联系 021－56152633